「トキ、すまない。君が愛しくてたまらないんだ」

（本文より抜粋）

DARIA BUNKO

アーサー・ラザフォード氏の揺るぎない愛情

名倉和希

ILLUSTRATION　逆月酒乱

ILLUSTRATION
逆月酒乱

CONTENTS

アーサー・ラザフォード氏の揺るぎない愛情

成田空港《なりたくうこう》からフィンランドのヘルシンキ・ヴァンター国際空港までは、約十時間かかる。

「トキ、疲れた?」

着陸後、ベルト着用のランプが消えたと同時に、つい「ふぅ」と大きなため息をついてしまったせいだろう。隣に座っている恋人に声をかけられた。

「アーサー」

栗色《くりいろ》の髪と瞳の端正な顔立ちの男が、そっと手を握ってくる。トキ——坪内時広《つぼうちときひろ》はその大きな手を握り返した。

アーサーは百九十センチ近い長身の持ち主で、長い手足はビジネスクラスの座席にギリギリおさまっている。百六十五センチしかない時広よりも、長時間のフライトは確実に疲労をもたらしているだろうに、優しい恋人はいつもこうして気遣ってくれるのだ。

「大丈夫。そんなに疲れていないよ。やっとフィンランドに着いたんだって、ホッとしただけ」

「そうか、ならいい。ヘルシンキで観光がてら二泊する予定だから、ゆっくり寛《くつろ》ごう」

「うん、楽しみ」

時広は頷《うなず》きながらシートベルトを外して立ち上がった。実際、そんなに疲労は溜まっていない。JFK《ケネディ》国際空港から成田空港までよりもフライト時間は短いし、ファーストクラスのシートはとても座り心地が良かった。

当初、バカンスは同じ北欧でもノルウェーで過ごそうとしていたのだが、アーサーの母親が所有しているというそちらの別荘は、妹の家族がすでに使用していることがわかり、フィンランドのコテージに変更された。時広としては、違いがわかるほど北欧の知識がないので、アーサーとのんびりできるなら、どこでもいい。

飛行機の中では、ちょっと、恋人がモテ過ぎて面白くない部分があった。

アーサー・ラザフォードはモテる。ハンサムで男性モデル並みにスタイルがいいうえに、高学歴高収入のエリート。実家は裕福だから、育ちの良さが滲《にじ》み出ている。派手ではないが一目で高級とわかる休日セレブっぽいファッションに身を包み、動作はどことなく優雅。そして三十一歳の男盛り。これでモテないわけがない。ゲイだとカミングアウトしていて、時広と出会うまでは何人もの男性と付きあってきたようだ。

搭乗している男女ＣＡ《キャビンアテンダント》たちに、アーサーはモテモテだった。最初は女性ＣＡが笑顔を振りまきに来ていたが、そのうち男性ＣＡばかりが座席に来るようになった。たぶん連れの時広がただの友人ではないと気づいたのだろう。何度かこっそりと睨《にら》まれたので、鈍い時広にもそれがわかった。

アーサーと一緒にいると、こういうことは珍しくない。小柄で冴《さ》えない容姿の時広が、どうしてイケメンエリートのアーサーの恋人なのか、疑問に思われるのだ。

時広自身、いまだにその点が不思議だ。

アーサーの愛情を疑っているわけではない。彼はいつも真摯《しんし》に愛を囁《ささや》き、抱きしめてくれる。

時広も素直にそれを受け止めて、愛を囁き返す。こんなに幸せでいいのかな、と怖くなるときがあるくらいだ。

出会ったのは去年の七月。もう一年以上が過ぎた。恋人になったのはその二カ月後だったから、もうすぐ一年になる。

真夏の東京で出会い、秋から冬、春にかけて都内のホテルで暮らしながら愛を育て、今年の五月にアーサーの転勤に伴いアメリカのＮＹ《ニューヨーク》に移り住んだ。海外暮らしも、恋人との同棲も、なにもかもが初めてで、時広はアーサーに支えてもらいながら経験を重ね、ひとつずつ覚えていっているところだ。

そして、時広にとって、生まれて初めて恋人と過ごす夏の長期休暇――バカンス――が、始まろうとしている。

なんだかんだとフィンランド入りするのが当初の予定より遅れてしまい、待ちに待ったバカンス。アーサーと二人きり、湖畔のコテージで過ごすことになっている。

もともとは、夏の休暇に入ってすぐフロリダにいるアーサーの両親に挨拶《あいさつ》しに行き、その後、北欧で避暑をする予定だった。

直前になってからアーサーの従弟《いとこ》であるリチャード絡みで初めての大きなケンカをしてしまい、時広は一人で日本に帰った。アーサーが追いかけてきてくれてすぐに仲直りできたのだが、その時点でかなりスケジュールが狂っている。

これからどうするか――と相談しようとしていたところに、時広に興味があって待ちきれなかったらしいアーサーの両親が日本に渡ってきてくれた。無事に対面を果たし、これから北海《ほっかい》道《どう》へ避暑に行くと決めたアーサーの両親に、リチャードも含めてみんな一緒に行かないかと誘われた。しかし時期が時期だけに飛行機のチケットが人数分取れず、アーサーと時広は同行を諦め――最初からアーサーは両親との北海道行きには難色を示していた――東京都内のホテルで何泊か過ごした後に、北欧へ向かう飛行機に乗った。

高校の英語教師として働いていたくせに、この年になるまで日本から出たことがなかった時広にとって、フィンランドはまだ二国目の外国だ。しかも人生初の夏のバカンス。時広の中で、アーサーと二人きりで過ごすフィンランドの夏への期待がどんどん高まってしまい、その結果、着陸したときに「やっと着いた！」という安堵《あんど》のため息が零《こぼ》れてしまったのだ。

国際線ターミナルで一通りの手続きをすませ、二人は外に出た。

「わぁ」

青い空が美しい。昼間で快晴だというのに空気はさらりと乾いていて、やはり東京の夏とはぜんぜん違う。八月の平均気温は二十℃くらいだとガイドブックに書いてあったので、時広はしっかりと羽織り物を荷物に詰めてきた。

「タクシーで移動しよう」

アーサーに先導されて、スーツケースを引きながらタクシー乗り場へ向かう。ヘルシンキ市内までは車で三十分くらい。中年男性のドライバーにホテル名を告げているアーサーの横で、時広は子供のように胸をときめかせながら外を眺めていた。

見るものすべてが新鮮で胸がドキドキする。看板ひとつとってもデザインがお洒落《しゃれ》に見えるし、明るい色に溢《あふ》れていた。北欧は冬が長くて寒さも厳しい。日照時間は短くなる。だから短い夏をとても大切にして心から楽しむらしいので、カラフルな色で飾るのかもしれない。

車窓からの眺めをもっと堪能したかったが、道路は渋滞しておらず、タクシーはスムーズにホテルに到着してしまった。

「わぁ」

またもやここで感嘆の声が漏れてしまう。アーサーが予約したヘルシンキ市内のホテルは、とても豪華できらびやかだった。自分だったら恐れ多くて選びそうにない、おそらく星が四つか五つはつくようなところではないだろうか。

タクシーのトランクからドライバーがスーツケースを下ろしてくれた。アーサーがさりげなくチップを渡しているのに気づき、あまりにもさまになっている姿に「カッコいい……」と率直な感想が口から零れた。

そういえば、アーサーと恋人になってから半年以上も都内のホテルで暮らしていたが日本国内だったし、NYに移ってからは賃貸の高級アパートメントだったのでチップは特に必要ではなかった。こんなふうにアーサーが慣れた動きで渡しているのを目の当たりにするのは初めてかもしれない。

自分もいつかアーサーのように自然な動きでチップを渡すことができるようになるのだろうか。そんな子供みたいなことを考えながらぼんやり見ているあいだにホテルのドアマンがやってきて、荷物をホテルエントランス内に運んでくれた。

「トキ、おいで」

アーサーに手を引かれて建物の中に足を踏み入れた。都内で泊まっていたホテルも充分高級だったが、こちらはまた重厚感があって、デザインや色彩が北欧っぽいように見える。詳しいわけではないのではっきりとは言えないけれど。

フロントのカウンターでアーサーがチェックインのためにマネージャーらしきホテルマンとやり取りしているあいだも、時広はぼんやりと横に立っているだけだ。全部アーサーがやってくれる。それに慣れきってしまっていることがいけないような気がするが、アーサーが率先して面倒事を引き受けてくれるのは、たぶんもともとリーダーシップを取りたいという性格なのだろうなと思うから口出ししないことにしていた。

そもそも、カウンターの位置が高い。北欧の人たちは総じて身長が高いらしいので、そのせいだろうか。時広が背筋を伸ばして立っても、肩から上しか出ないのだ。書類にサインしようとしたら、背伸びをしなければならない。

女性はどうするんだろう――と時広が疑問に思っていると、すぐ横に椅子に座ってサインできる場所があることに気づいた。車椅子使用の客もいるだろうから、それは当然かもしれない。

ふと、カウンター奥に控えているホテルマンと目が合った。すらりと背が高い、アーサーくらいの年代の人だ。にっこり微笑《ほほえ》まれて、時広も笑顔を返した。

「こんにちは。どれがいい？」

英語で話しかけられながら差し出されたのは、小袋に入ったいくつかのキャンディ。袋のデザインから、中身がオレンジやグレープなどのフルーツ味であることがわかる。時広はしばし呆然《ぼうぜん》とした。これはもしかして、子供と間違われているのだろうか。

どうしよう、と困惑してアーサーを見上げれば、苦笑いしている。

「私のパートナーに気を遣ってくれてありがとう。彼だけでなく、私もひとつもらってもいいかな？　長いフライトで疲れているから」

アーサーが時広の腰に腕を回しながらそう言ってくれた。

「トキ、彼らに自己紹介して」

アーサーに促されたので、時広は名前を名乗った。ついでに年齢も。二泊する予定なので、アーサーとまったくセックスしないとは限らない。時広が子供だと誤解されたままでは通報される可能性があった。

時広の年齢を知り、フロントにいたホテルマンたちがみんな目を丸くする。だがすぐに笑顔に戻って、アーサーと時広にひとつずつキャンディを渡してくれた。

そんなことがあったせいか、上階の部屋に二人きりになれたときは、またため息が零れてしまった。

「アーサー、僕ってそんなに子供っぽい？　ＮＹの生活で年相応に見られないことには慣れてきたつもりだけど……」

「大丈夫、私はトキが子供ではないことを知っている。だいたい、子供とはこんなことはできないだろう？」

たった一歩で間合いを詰めてきたアーサーに抱きしめられた。時広も両腕をアーサーの広い背中に回し、ぎゅっとしがみつく。すでに馴染みきっている逞《たくま》しい腕と厚い胸板の感触に、ホッとする。

「ああ、何時間ぶりだろう？　フライト中ずっと、こうしてトキを抱きしめたくてたまらなかった」

「僕も、アーサーに触れたかったよ」

都内のホテルをチェックアウトしてから今まで、まだ丸一日もたっていない。それなのに、時広はアーサーに飢《う》えていた。アーサーが会社に行っているあいだ、もっと長い時間触れあえないことなどざらなのに。

「すぐそばにいるのにキスできないのは、もはや拷問《ごうもん》に近い。トキ、せめて軽いキスくらいは許してほしい」

アーサーの懇願《こんがん》口調に折れてしまいそうになるが、ここはやはり譲れない。根っからの日本人である時広は、たとえ触れるだけのキスでも人前ではするべきでないと思うからだ。

「君は私とキスしたくないのか？」

「したいよ。したいけど、やっぱり、人が見ている前では、躊躇《ためら》いが……。はしたないことだと思ってしまうし」

「まったく、私の恋人はシャイ過ぎる。でもそんなところも愛しいのだから、私もいい加減、重症だ」

アーサーの長い指が顎《あご》にかかり、上を向けられる。優しく微笑んだ唇が降りてきて、時広のそれに重なった。ちゅっと柔らかく吸われ、心地良さにうっとりする。何度か吸われたあと、舌が口腔に入ってきた。時広も舌を差し出して、ゆったりと絡める。

飢えて乾いていた体が少しずつ潤《うるお》っていくような気がした。

舌を絡め、上顎をくすぐりあい、舌先を甘噛みする。官能の波がじょじょに全身に広がってきて、時広は背筋を震わせた。

こんなくちづけもすべて、アーサーが一から教えてくれた。

時広はなにも知らなかった。まっさらだった時広は、アーサーになにもかもを教えてもらった。つまり、アーサー好みのセックスを仕込まれた。これが一般的に良いことなのか悪いことなのかわからないが、時広は自分の体で愛する人が快感を得てくれるなら、これ以上に幸せなことはないと思っている。

「んっ……」

痛いほどに舌先を吸われて、腰からふっと力が抜けた。立っていられなくなった時広を、アーサーの腕が支えてくれる。軽々と横抱きにされて、ベッドに運ばれた。覆い被さってくるアーサーの瞳が優しい栗色から野性的な琥珀色《こはくいろ》に変わっている。光の加減や感情の高ぶり具合によって微妙に変じるアーサーの瞳が、時広は大好きだった。

首筋に熱い唇《くちびる》が押し当てられる。彼の手が時広のシャツをめくり上げようとした。

「アーサー、するの？」

「ダメか？」

「ダメじゃないけど……観光は？」

「あとで出かけよう」

あとって、いつ？　問いかけようとしたが、シャツの中に入りこんだ大きな手で腹から胸を撫《な》で上げられ、時広は「あっ」と息を呑《の》んだ。

「隣に座っている君に触れることができず、十時間も指をくわえて見ているしかできなかったんだ。今ここでトキをチャージしないと、私は干からびてしまうよ」

そんなことを言われてしまったら、抵抗なんてできなくなる。元から抵抗する気はないけれど。

「でも、出発直前まで、してた、のに……っ」

ちゅう、と乳首に吸いつかれ、時広は悩ましく腰をくねらせた。一年近くかけてアーサーにいろいろと教えこまれた体は、ちょっとした愛撫《あいぶ》にもすぐ反応するようになってしまっている。

「それはそれ、これはこれだ」

長時間のフライトに向かうのだから、とホテルをチェックアウトする直前まで、時広はアーサーに抱かれていたのだ。確か、干からびないようにチャージさせてくれ、とか言われて。

どうやらアーサーは満タンにチャージしても消費が激しくて、わりと早く空になってしまうらしい。

アーサーの指が時広のズボンのボタンを外したところで、ハッとした。

「あ、ちょっと待って。シャワー浴びたい。ずっと飛行機の中だったし……」

「あとで一緒に浴びよう。今は、このままでいい」

「でも――」

「君はきれい好きだからいつも気にするが、そのたびに私は『君の貴重な体臭を洗い流さないでくれ』と言っているだろう？　私は君の体臭が大好きなんだ。それなのに、トキはほとんど体臭がないうえにきれい好きで朝晩シャワーを浴びる。私は体臭も含めて君のすべてを愛《め》でたいのに」

アーサーは大真面目な顔で変態ティックなことを言う。確かに時広は風呂好きだ。日本人のほとんどがそうではないだろうか。国民性を抜きにしても、セックスの前に体を清めるのは普通のことだと思うのだが、アーサーは否定的だ。

かといって、アーサーが不潔なわけではないし、不衛生なままでの行為を望む嗜好《しこう》があるわけでもない。シャワーを使わずに時広がアーサーの性器を口腔で愛撫しようとすると、制止するのだから。

以前、過去の恋人たちにも同じようにシャワーの使用を制限していたのかと問いかけたことがある。アーサーは呆《あき》れた様子で、「セックスの前には、必ずシャワーを使わせていた。あたりまえだろう。不衛生じゃないか」と当然のように答えた。

つまり、時広だけ特別のようだ。アーサーはなんの疑問も抱いていないようだけれど、時広には不思議でならない。どうして自分だけ特別なのか。

時広はアーサー以外に付きあった経験がないから、ほかの男性とセックスした場合はどうなのか、比べることができない。

「トキ、こちらに集中して」

いつものごとく、アーサーは手際よく時広の下半身からするりと衣類を取り去ってしまった。もう何度も抱きあっていて今さらだとわかっていても、人として秘めておくべき大切な部分を晒《さら》すのは恥ずかしい。股間を手で隠したい衝動に駆られるが、我慢した。そんなことをすると、たいていアーサーに叱《しか》られるからだ。

体を見ているのは恋人で、いつまでも恥じらっていては変かな、と我ながら思う。でも羞恥心《しゅうちしん》はなくならなくて――。

「アーサー、そんなに見ないで……」

両脚を広げられ、毎晩剃《そ》られている無毛の股間に視線が突き刺さる。自慢できないサイズの性器と、恋人の性器を毎日のように受け入れているせいで、すぐに緩むようになってしまった後ろの窄《すぼ》まり。

「見てはいけないのか？　ここは私のものだろう？」

「そうだけど……じっと見つめるものじゃないと思う……」

「君のここは充分、鑑賞に値するものだよ。素晴らしい造形だ。ああ……、ほんの少しだが、ヘアが伸びてきているね。あとで剃ってあげよう」

性器の周りをざらりと撫でられて、時広はビクンと腰を震わせた。東京のホテルで剃られてから丸一日たっている。伸びているのは本当のようだ。

「ああ、君の匂《にお》いがする」

「嗅《か》がないで、アーサーっ」

「汗の匂いと、少し淫《みだ》らな匂いだ」

くんくんと鼻を鳴らしながら、アーサーがそこに顔を伏せていく。

「私の視線で感じているのか？　君の可愛らしいペニスが膨《ふく》らんできたよ」

「い、言わないで……っ」

そこに血が集まってくるのがわかるだけに、居たたまれない。時広はたまらず、両手で顔を隠した。きっと真っ赤になっている。

「恥ずかしい？」

「わかっているなら、聞かないでよ」

「もう何度も、数えきれないほどセックスしているのに？」

何度しても、慣れることなんかできないと思う。大好きな人だからこそ、恥ずかしさはなくならないのかもしれない。

「いつまでも恥ずかしがるのは、おかしなこと？」

「トキ？」

「アーサーは、こんな僕に呆れてる？」

「ああ、トキ……。君のその慎《つつ》ましさが私をたまらなく煽《あお》っていると、いつになったら理解できるのか……」

股間にアーサーの熱い吐息がかかった。べろん、と厚い舌で根元から先端へと舐《な》め上げられる。鋭い快感に声もなくのけ反り、時広はとっさに太腿《ふともも》でアーサーの頭をぎゅっと挟んでしまった。

「苦しいよ、トキ」

「ご、ごめんなさい」

慌てて脚の力を抜いたが、続けて半勃ちのものをパクンと口にくわえられ、「ああっ」とまたもや太腿を閉じてしまう。アーサーは無言で――くわえているから喋《しゃべ》れなかった――時広の両脚を強引に広げ、陰嚢《いんのう》ごと口腔に含んでしまった。

「ひっ、ああっ!」

これをされると時広は感じ過ぎて泣いてしまう。アーサーの口が大きくて、時広のそれが標準よりも小さめだからこそできることだが、口腔で転がされて蕩《とろ》けそうになる。

「ああ、ああっ、いや、それいや、アーサーぁ」

半泣きになりながら逃げようともがくが、すでに体に力が入らなくなっている。ただ身悶《みもだ》えてシーツに皺《しわ》を寄せるだけ。

「あーっ!」

陰嚢のすぐ下、会陰《えいん》あたりを指でぐっと押され、悲鳴に似た嬌声《きょうせい》が迸《ほとばし》る。さらにもう片方の手が後ろに伸びて、窄まりを弄《いじ》った。弄られることに慣れたそこは、アーサーの指を歓迎するように蠢《うごめ》き、奥へと誘う。

「やあっ、そこ、も、あーっ、あっ、んっ、あっ!」

股間全体が唾液《だえき》でびしょびしょにされ、あちらこちらを同時に愛撫され、時広は感じまくった。けれどなかなかいかせてもらえない。泣き始めた時広を宥《なだ》めるようにアーサーがキスをし

てくれる。

「トキ、トキ、泣かないで。すぐに射精していたら君の体力がもたないだろう？」

「アーサーぁ、もう、早くしてぇ」

「私を入れていいかい？」

うんうん、と泣きながら頷く時広に、アーサーの喉《のど》がごくりと鳴った。

「ああ、可愛い。君はどうしてこんなに愛らしいんだ。私はもう頭がどうにかなってしまいそうだ。入れるよ？　君の中に、私のペニスを入れるぞ？」

「来て、早く」

ぐずぐずになった時広は両手を伸ばしてアーサーの首にしがみつく。逞しい首と肩に顔を寄せ、体の内にこもるこの熱をどうにかしてほしいと再度訴えた。すべての元凶はアーサーだけれど、すべてを解決できるのもアーサーなのだ。

「ああ、トキ……愛している……」

ぐっと押しこまれてきた大きなものを、時広は喘《あえ》ぎながら受け止めた。

ひとつになる。愛する人と。こんなに幸せなことはない。

アーサーはときどきベッドで意地悪になるけれど、微塵《みじん》も嫌いになんてならない。愛されているとわかっているから。時広も愛しているから。

「アーサー……大好き」

「トキ」

根元まで埋めこまれたそれを、時広は愛しい、と心から思った。

◇◇◇

心地良い眠りから目覚めたアーサーは、素肌に感じるもう一人の体温を抱き寄せた。さらさらの黒髪をそっと指でかき上げ、上品な真珠色をした額《ひたい》に唇を押し当てる。すでに目覚めていたらしい、ぱっちりと開いた黒い瞳がアーサーを見つめてきた。

「おはよう、トキ」

「……おはよう」

ん？　と、アーサーは寝惚《ねほ》けながらも恋人の反応に引っかかった。いつもの溌剌《はつらつ》さが感じられない。

昨夜は心ゆくまで愛を交わしたはずだ。時広は嫌がっていなかった、と思う。何度も求めてしまった覚えはあるから、いささか執拗《しつよう》に抱き過ぎただろうか。それで恋人が機嫌を悪くしてしまったのなら自分に非がある。

急いで頭をはっきりさせ、時広の顔を見つめた。怒っている表情ではなかった。ただ、アーサーに愛されて幸せ、といった満たされた表情でもない。少し沈んだ空気が漂っている。なにか知らないあいだにやらかしてしまったのだろうか。

「トキ、具合でも悪いのか？」

「どこも悪くないよ」

「昨夜、私は強引すぎたか？」

「……そうでもないけど……」

口ごもる時広に、アーサーは内心慌てた。どうやらセックスが原因で時広は気分を沈ませているようだ。どこがどういけなかったか、アーサーは昨夜のセックスを事細かに思い出そうとした。

昨夜——というか、昼下がりに始まったセックスは、まずベッドで時広をたっぷりと感じさせて体を繋《つな》げた。時広はとても感じてくれて、可愛らしく何度も絶頂に至っていたように記憶している。中出ししてしまったので抱っこしてバスルームに運び、隅から隅まで洗ってあげて、アナルも洗浄した。時広は恥ずかしがって抵抗したが、いつものことなのでアーサーは完遂した。

その後、剃毛《ていもう》プレイに——いやいや、プレイではない、毎晩の習慣であるアンダーヘアの処理まできちんとした。もちろん羞恥に頬を染める時広に興奮したのは言うまでもない。

(バスルームでの言動がいけなかったのか？　いやでも、上気した真珠色の肌がたまらなく艶やかで私を誘惑してやまず、言葉を駆使して賞賛し、またアナルセックスをしたくなったが耐えた)

しかしベッドルームに戻ってから時広の体に触れているうちに兆《きざ》してしまい、時広がフェラチオしてくれた。時広の小さな口に醜い欲望の塊をくわえさせているという背徳感と、苦しそうに黒い瞳を潤《うる》ませている様子はもう、もう——。彼の喉に体液を注ぎこまずにはいられなかった。時広はそれを最後の一滴まで飲んでくれ、アーサーを歓喜させたのだ。

そこまでしてもらったのにアーサーの情動は治まらず、結局またアナルセックスをして、時広は何度もドライオーガズムに達していた。その様子があまりにも可憐《かれん》で妖艶《ようえん》で、終始、アーサーは煽られまくりだったのだ。

セックスは軽くすませて夕方からホテル近辺を散策しようと思っていたのだが、終わったのは夜だった。終わったというか、疲れ果てて眠ったのが正しい。

(そうか、トキは観光したかったのかもしれない)

初めての国に来て、ホテルはヘルシンキ市街の中心にある。二泊するから観光しようとアーサーも口にしていた。時広は日本にいるあいだにフィンランドのガイドブックを何冊か手に入れ、読んでいたようだ。

ヘルシンキの八月の日没は午後十時ごろ。夏の一日は長い。ホテルにチェックインしたあと観光するつもりだったのに、一日目がセックスで終わってしまって、機嫌を損ねているとしたら――。

「トキ、今日はどこへ行こうか」

焦《あせ》りを顔に出さないようにして、さり気なく腕の中の時広に尋ねる。彼はちらりと視線を寄こしたがなにも言わない。口もききたくないくらいに怒っているとしたら大変だ。

時広はアーサーの求めに従順だから、ときどき調子に乗ってしまう。広い心でアーサーを受け止めてくれているありがたみを忘れてしまうのだ。昨日もつい欲望のままに時広を求めてしまった。嫌がっていないから、感じているようだから、なんて最低男の言い訳でしかない。

ここは潔《いさぎよ》く謝るしかない。アーサーは体を起こし、全裸のまま、仰臥《ぎょうが》している時広の横に正座した。慣れていないので床の上に正座するのは難しいが、ベッドのマットレスの上ならばなんとか可能だ。

「昨日はすまなかった」

両手をついて頭を下げる。日本人に謝罪するときは、これが一番だ。しかし、非常に屈辱《くつじょく》的《てき》なポーズと言える。相手が時広でなければやらない。

「君に観光へ行くと約束しておきながら、それをできなくさせてしまった。フライト中に我慢していたせいで情動が制御できなかったのは本当だが、結果的に君の気持ちを無視するような形になってしまったことを反省している。申し訳なかった」

「……アーサーは、自分が悪かったと思っているの？」

口をきいてくれた。よかった、といくばくか安堵しながら顔を上げる。

「私も、チェックインまでは、少し休憩したあと観光するつもりだった。嘘《うそ》ではない。ただ、部屋で二人きりになったとたんに変なスイッチが入ってしまった。あんなにするつもりはなかったんだ。君は観光を楽しみにしていた。私の欲望のせいで一日目を台無しにしてしまったことは、本当に申し訳なく思っている」

時広には口先だけの謝罪は通用しない。アーサーは心から謝り、「今日は君の奴隷になる」と付け加えて審判を待った。

「奴隷になんて、ならなくていいよ」

ふふっと笑って、時広が体を起こした。剥《む》き出しの華奢《きゃしゃ》な肩や胸に、強く吸ったせいでできた赤い鬱血痕《うっけつこん》がいくつも散っている。昨日、どれだけ自分が好き放題振る舞ったかという証拠のようで、アーサーはつい目を逸《そ》らした。

「僕、ヘルシンキ大聖堂を見に行きたい」

「ウスペンスキー寺院にも行こうか」

「デザイン博物館は？」

「案内する」

アーサーはフィンランドのコテージに何度か来たことがある。世界各地にラザフォード家の別荘はあるが、子供のころは、父と兄とこの国でボート遊びをしたり釣りをしたりするのが好きだった。

コテージは湖水地方にある。ヘルシンキから二百キロくらいの場所なので、車を走らせればヘルシンキまでは日帰りできる距離だ。湖畔でのんびりするのに飽きたら、父にせがんで車を出してもらい、美術館や博物館巡りをしたついでにアイスの食べ歩きをしたり、ブルーベリーパイの名店でどっさり買いこんだりしたものだ。ヘルシンキ市街の観光名所なら、だいたいの位置関係がわかっている。

「トキ、ガイドブックを読んだならわかっているだろうが、ヘルシンキには歴史的な建物や美術館、博物館が多い。すべて回ろうとしたら一日では到底足らないだろう。君が望むなら、何日でも延泊するから言ってくれ」

「そこまではしなくていいよ。予定どおり、明日はコテージに移動しよう」

「いいのか？」

「ヘルシンキまでは日帰りできる距離だって言っていたじゃない。また来ればいいでしょ？それに、この国が気に入ったら、また旅行に来ればいいと思うんだけど」

可愛らしくちらりと上目遣いでこちらの反応を窺《うかが》ってくるから、胸の奥からなにかがぶわっと吹き出した。

「トキ！」

衝動的にぎゅっと抱きしめて、時広の顔中にキスの雨を降らせる。

「ア、アーサー？　どうしたの？」

なんの疑問も抱かずに何カ月も先の話をしてくれる恋人の純粋な心に、アーサーは胸を震わせた。

今まで何人もの男と付きあってきたが、誰一人長続きしなかった。刹那的《せつなてき》な付きあいではなく、ちゃんとした恋人が欲しいと思っていたにもかかわらず。

時広とはもうすぐ一年になる。これほどまでにフィーリングが合う相手は初めてで、なんとなく、アーサーはこれが最後の恋愛になるだろうと予感していた。今年のクリスマス休暇はどこへ行こうか。来年のバカンスは？　そんな話を、これからもずっと時広としていきたい。時広となら、きっと何年先の話もできるだろう。

「トキ、ああトキ、そうだな、また来ればいい。美術館や博物館を巡るだけなら冬でもいいし」

「冬は寒そうだね。でもサンタクロースの村があるんだよね？」

「この国のサンタクロースは年中無休だ」

「そういえば、夏でもいるって本に書いてあったよ」

クスクスと笑う時広は、完全に機嫌を直してくれたようだ。よかった、とアーサーはもう一度時広の頬《ほほ》にキスをして、ベッドから降りようとする恋人に手を貸した。

◇◇◇

ヘルシンキ市内の観光をした翌日、時広たちはホテルをチェックアウトし、レンタカーを借りた。市場とスーパーマーケットで食料品を買いこみ、車に積んで、サイマー湖近くにあるというコテージに向かう。

ガイドブックによれば――フィンランドは日本とほぼ同じ面積の国土を持つが、人口は六百万人に満たない。そして国の中部には、何千もの湖がある湖水地方が広がり、何十万ものコテージが点在している。フィンランドを含む北欧の人々は、短い夏を謳歌《おうか》するためにほとんどの家庭がコテージを所有しているという。一年を通しての管理が面倒ならば賃貸タイプもあるそうだ。

ラザフォード家が所有するコテージは、地元住民に管理を頼んでいるらしい。アーサーの話では気のいい夫婦で、子供のころには親戚の叔父叔母のように接していたそうだ。時広は会うのが楽しみだった。

ヘルシンキからサイマー湖近くまでは約二百キロ。天気に恵まれ、最高のドライブだった。

アーサーの運転は危なげなく、運転免許を所持しているのにめったに運転しないペーパードライバーとは思えないほどだった。時広も運転してみるか、と提案されたが、左ハンドルの車のうえ道路は右側通行で、道路標識は日本とまるで違う。国際免許の手続きをし取得していたが実際にハンドルを握るのは怖くて、断った。

澄んだ空気と緑豊かな大自然の中、車は湖を目指す。日本とは趣《おもむき》が違う風景だ。素晴らしく美しい自然の景色に、時広はずっと胸を躍《おど》らせていた。道路から見える場所にぽつぽつと可愛らしいサイズのコテージがあった。家族らしき複数の人影が見えたり、湖に手漕《てこ》ぎボートを浮かべて遊んでいる光景があったりして、車窓を眺めているだけでも楽しい。

やがてアーサーは車を脇道に進ませ、舗装されていない針葉樹の森の中をゆっくりとした速度で走らせた。一軒の赤い壁の家が見えてくる。シャッター付きの車庫があり、薪《まき》の保管庫らしき小屋まである、ちゃんとした民家だ。一夏だけのコテージではない。

「管理を任せているハウキネン夫妻の家だ」

アーサーが教えてくれ、車を庭先に停める。エンジン音を聞いたのか、家の裏から初老の男性が現れた。車から降りたアーサーに「やあ」と笑顔を向けてくる。時広も車を降りた。

六十代と思われる男性は山男という雰囲気のがっしりとした体型をしている。少し太り気味だけれど、とても健康そうな顔色で、アーサーと力強く握手をした。

「ラウリ、紹介する。私のパートナーのトキだ」

「はじめまして、トキヒロ・ツボウチです。トキと呼んでください」

英語で自己紹介をした。フィンランドの公用語はフィンランド語とスウェーデン語だが、英語教育が浸透しているので日常会話はだいたい通じるとガイドブックに書いてあった。昨日一日ヘルシンキで観光して、それは実証ずみだ。

「よく来てくれたね。私はラウリ・ハウキネン。ラザフォード家の別荘だけでなく、このあたり一帯のコテージの管理をしている。君はチャイニーズかな？」

「日本人です。フィンランドは初めてです。よろしくお願いします」

時広もラウリと握手した。手の皮が分厚い。力仕事に慣れた、働く男の手だった。

「あら、アーサー」

赤い家から女性が出てきた。ふっくらとした顔に柔らかな笑みを浮かべている。時広よりも一回り以上は体格が良かったが、年齢を感じさせない軽快な足取りで庭を駆けてきた。

「やっと来たのね。待っていたわ。三年ぶりに来ると言うからお掃除して待っていたのに、なかなか来ないんですもの」

「ちょっと予定が狂ってしまって、日程がずれた。イーダ、元気そうでよかった」

「私はいつも元気よ。それで、こちらの可愛らしい子が、あなたのいい人なの？」

時広は自己紹介して、イーダとも握手した。ふくふくとした、温かな手だった。

「トキは何歳なのかしら。東洋人の年齢って、わからないわ」

「二十九歳です」

時広の返答に、ハウキネン夫妻は目を丸くして絶句した。苦笑するしかない。

ラウリからコテージの鍵を受け取り、ふたたび車に乗ってさらに奥へと進んだ。車一台がやっと通れる程度の細い道は、やがて対岸が見える小さな湖のほとりに建つ、緑色の壁の家に突き当たった。

ここまで来る途中でいくつか見かけたコテージとは大きさが違う。目の前にあるのは、二階建ての立派な別荘だった。時広の実家が二つ三つ、すっぽりと入ってしまうくらいのサイズで、広々としたウッドデッキにはロッキングチェアとテーブルが置かれ、庭にはレンガ造りのバーベキュー炉がある。もちろんシャッター付きのガレージが建っていて、薪がびっしり積まれた小屋もあった。ハウキネン夫妻の管理は完璧なようだ。

「ここなの？」

「ここだ」

ラザフォード家はやはり富裕層なのだな、と感嘆しつつ車を降り、荷物を家の中に運びこむ。

室内はどこもきれいに掃除されていた。リビングにはどっしりとした布張りのソファセットが置かれ、壁際に黒い薪ストーブがある。煙突は二階まで吹き抜けになった天井へと延び、屋根を突き破って外へと繋がっていた。

キッチンの大型冷蔵庫とパントリーに買ってきた食料をしまい、アーサーはまず薪ストーブに薪をくべて火をつけた。ヘルシンキよりも、森の中は空気がひんやりしている。夏場でも一日中、ストーブをつけておくらしい。

ストーブの上に水を入れたヤカンを置き、コーヒーを淹《い》れる準備をした。湯が沸くまで、別荘の中を探検させてもらうことにする。一階は広いリビングとダイニング、キッチン。二階にベッドルームが三つあった。シングルベッドが二台ずつ置かれたツインタイプの部屋が二つ、メインベッドルームと思われるクイーンサイズのダブルベッドが置かれた部屋が一つ。バスルームはそれぞれの部屋に付いている。ハウキネン夫妻はベッドメイクまでしてくれたようだ。

そして書斎らしき部屋が一つ。ちらりと覗《のぞ》いたらデスクの上にノートパソコンが一台置かれていた。どうやらインターネットが使えるようだ。

都会の喧噪から離れ、仕事を忘れて自然に溶けこむのが北欧のバカンスで、インターネットどころかテレビもゲームもコテージに持ちこまない人が多いと聞いていたが——。

「なにかあったか?」

背後からアーサーに声をかけられ、時広は「ネットが使えるの?」と聞いた。

「ああ、使える。何年か前に、兄が工事した。やはり使えたほうが便利だからな」

「アーサーはここに来たのは三年ぶりだって言っていたけど、お兄さんはもっと頻繁《ひんぱん》に来ているの?」

「兄のエドワードは父の仕事の大部分を継いでいるが、主にEU圏を担当している。だいたいドイツかフランスにいる。アメリカからここに来るよりも近いからか、まとまった休みが取れると、来ているようだな。ツインルームの片方のクローゼットに、兄のものと思われる衣類が入っていた」

　時広はまだアーサーの兄弟に会ったことがない。兄と妹が二人いるのは聞いている。

「そのうち会えるかな」

「会いたいのか？　エドワードがこの夏の間にここに来るという話は聞いていないな。私が恋人と利用すると話したから、たぶん遠慮して来ないだろう。ほかの別荘で休暇を過ごしているんじゃないか」

「お兄さんは独身？」

「独身だ。四つ年上だから、今年で三十五か。浮いた話は聞かないな……。妹の一人は結婚して、一男一女の母だ。義兄の仕事の都合でずっとUK《イギリス》に住んでいる」

　ラザフォード家はワールドワイドだ。世界中にばらばらになっているのに離散した印象を受けないのが不思議だ。きっとあの両親を中心に、それぞれが信頼しあって、尊重しあっているからだろう。

　一人っ子で近しい親戚もいない時広には、羨《うらや》ましいことだ。

「どの部屋を使うの？」

「メインベッドルームを使おう。一番ベッドが広い」

手を引かれてメインベッドルームまで連れていかれる。アーサーが運んでくれたらしく、ベッドの足元にスーツケースが置かれていた。

「わりといいマットを使っているんだ。ここで、ゆっくりと、君を心ゆくまで堪能したい」

そっと背後から抱きしめられ、熱っぽく耳に囁かれた。ぞくっと背筋をなにかが走り抜ける。耳から頬にかけて、カーッと熱くなった。

昨夜はセックスしていない。一日観光して疲れていたし、翌日は長距離ドライブをするとわかっていたから、アーサーが気遣ってくれたのだ。そのせいか、ここに到着したときからアーサーの目つきに不穏なものを感じていた。

これから約四週間、この別荘に二人きりだ。ハウキネン夫妻は呼ばなければ来ない。きっと、アーサーは気の赴くままに求めてくるだろう。時広はそれを拒むことができない――。いったいどんな日々になるか、容易に想像がつくだけに、時広はまたたくまに全身を熱くしてしまう。

「トキ、どうしてもコーヒーを飲みたい？」

アーサーの唇が耳の下に吸いついてきた。思わず「あっ」と艶《なま》めかしい声が出てしまう。

「先に少しだけ、体に触れてもいいか？」

少しだけ。本当に？

二人を邪魔するものはなにもないという環境で、少しだけですむとは思えなかった。けれど、どうしてもコーヒーを飲みたいわけでもないし、どうしてもアーサーに触れられたくないわけでもない。時広は頬を赤く染めながら頷いた。

「じゃあ、ベッドの寝心地を二人で試してみようか」

アーサーにそっと押し倒される。時広はそれから夜半過ぎまで、たっぷりと寝心地を味わうことになった。

◇◇◇

キッチンで昼食の後片付けをしたアーサーは、カウンター越しにリビングを見回し、時広の姿がないことに気づいた。リビングの窓の向こう、ウッドデッキのロッキングチェアの背凭《せもた》れから覗く黒髪を見つける。

かすかに揺れるロッキングチェアの動きに合わせて、黒髪が風にそよいでいた。うたた寝しているのかもしれないな、とアーサーはウッドデッキに出た。もし寝ているのであれば、室内に移動させたほうがいい。

いくら八月の晴天時とはいえ、フィンランドの湖畔はそれほど暖かくない。風邪を引いてしまう恐れがあった。この場所で体調を崩すと、売薬を服用して自力で治すしかない。医師が常駐している病院までは車で一時間以上かかるし、重病ならばヘルシンキに戻らなければならなくなる。

「トキ?」

背後からそっと声をかけた。時広の頭は動かない。顔を覗きこむと、やはり目を閉じて寝息をたてていた。防寒用のカーディガンを着て、ウールの膝掛けを腹から下にかけていたが、このままにはしておけない。

「トキ、こんなところで昼寝をしたら風邪を引く」

肩を叩《たた》くと、ハッと目を開いた。開いたまま膝に乗せていた本が滑り落ちそうになっていたのを、アーサーが受け止める。栞《しおり》を挟み、横にある木のテーブルに置いた。

時広はぼうっとした目でアーサーを見上げてくる。

「大丈夫か? もう風邪を引いた?」

「眠いだけだから、大丈夫」

「眠いならリビングのソファにしたほうがいい」

「うん……」

ちらちらと眩《まぶ》しい木漏《こ も》れ日《び》に目を細め、時広は力なく頷く。眠くてたまらないようだ。

コテージに来てから五日が過ぎている。天気のいい昼間、ウッドデッキのロッキングチェアは時広のお気に入りの場所になっていた。

時広にとって初めての国で、初めてのバカンス。ただのんびりするだけという休暇をどう過ごすのだろうかと、アーサーは少し心配ではあった。あまりにも暇そうだったら、アーサーがいろいろと遊びを提案して楽しませなければいけないと考えていたのだ。

けれどそれは杞憂《きゆう》だった。時広はきちんと自分の居場所を作り、持参してきたたくさんの本をじっくり読んでいる。その口から、つまらないだとか暇だとかいう言葉を一度も聞いていなかった。

むしろアーサーと二人きりの生活を楽しんでいる。仕事に行かないアーサーと四六時中一緒にいることを、時広は幸せだと感じているようだった。時広が幸せならば、アーサーも幸せだ。時間に縛られない毎日が、アーサーの心をとても穏やかにしていた。

「私がリビングに運んであげようか？」

言いながら、もうアーサーは時広の背中と膝裏に腕を差しこんでいる。そのまま軽々と抱き上げ、時広を室内に運んだ。時広を抱きかかえたまま、アーサーは薪ストーブの近くのソファに腰を下ろす。

「僕、重くない？」

「トキは羽根のように軽いよ」

チュッと頬にキスをしたら、「なに言ってんの」と呆れた口調で言われた。

時広がなぜこうも眠いのか、アーサーはよくわかっている。情熱的過ぎる夜の生活のせいだ。翌朝は早く起きなくてもいいという状況が、アーサーの性欲を増進させている。この五日間、毎晩セックスしていた。さらに昼間も、兆してきたらおたがいの体をまさぐる。あらためて蜜月を過ごしているような感じだ。

ふぁ、とあくびをした時広が生理的な涙で濡れた黒い瞳を向け、照れたように笑った。可愛い。可愛くてたまらない。引き寄せられるように唇を寄せ、キスをした。軽く唇を吸い、見つめあう。時広の白い頬を指でつついた。

この頬を上気させたい――という衝動が湧《わ》いてくる。

昼食をとったあとなので、体力気力ともに充実していた。アーサーとしては、このまま恋人を弄り回したい気持ちがある。昨夜もセックスしたが、それはそれ、これはこれ。実は昨日、ここで一度セックスしている。

「トキ……」

カーディガンの中に手を滑りこませ、シャツの上から乳首を探った。時広が慌てたようにその手を押さえる。

「なにをしているの？　ダメだよ、そんなところ触っちゃ……」

「君のスイッチだから？」

「わかってるなら、やめて」

「私は君の小さくて愛らしい乳首が好きなんだ」

シャツの生地ごとキュッと摘まみ上げる。んんっ、と時広が呻《うめ》きながら体を竦《すく》ませた。ほんのりと耳が赤くなってくる。

「こんなところで……」

「昨日だってここでしただろう？」

「あれは、でも、落ち着かなかったっ」

時広が唇を尖《とが》らせて非難してきたが、可愛いばかりだ。

明るい室内で、窓のカーテンは閉めていない一階。二人きりで周囲には誰も住んでいないとわかっていても、落ち着かないのは当然だ。時広に露出趣味はない。

昨日、時広は最初嫌がった。けれど、だからこそ興奮してしまい、アーサーは止まらなくなった。時広に濃厚な愛撫を施して抵抗できなくさせ、最後までしたのだ。終わったあと、時広は機嫌を悪くして無口になった。感じてしまった自分も許せなかったのだろう。だが最悪なことに、そんな時広も可愛らしくて、アーサーは目で愛でながら百回以上は謝罪を繰り返した。時広も本気で怒っているわけではないから許してくれ、夜もセックスした。

「トキ、じゃあキスだけ」

「今したじゃない」

「もっとしたい。ほら、舌を出して」

躊躇いながら、時広が薄い舌をちろりと出してくれる。アーサーはそれにしゃぶりついた。時広はどこもかしこも敏感にできているが、ことのほか口腔が弱い。技を駆使してディープキスをしてメロメロにしながら、官能のスイッチである乳首を弄れば、落ちる。蕩けて食べごろになったら、美味《おい》しくいただくわけだ。時広も本気で嫌がっていない。

「ん、ん、ん……」

時広はすぐにキスに夢中になった。両腕をアーサーの首に回して、しがみついてくる。アーサーは時広の小さな尻を撫でたり揉んだりして感触を楽しみ、さて次は乳首を――と思ったとき、それに気づいた。

視線を感じる。ウッドデッキがある窓からだ、とわかったと同時に時広を自分の背中に隠すようにして振り向いた。窓から室内を覗きこむ目と視線が合った。

「子供？」

十歳くらいの少年に見えた。金髪の巻き毛とソバカスが散った愛嬌《あいきょう》のある顔が、びっくりしたような表情でアーサーを見ている。逃げるそぶりはない。

危険がなさそうなので、アーサーは立ち上がってウッドデッキに出た。少年は黄色いパーカを着て、手に蔓《つる》で編んだカゴを提《さ》げていた。そのカゴは、イーダが編んだものに酷似している。過去に何度か、料理のお裾《すそ》分《わ》けや森で取れた果実を、このカゴに入れてもらったことがあった。

「どこの子だ？　ハウキネン夫妻の身内か？」

少年はこくりと頷き、カゴを差し出してきた。カゴの中には、「孫のヨウシアよ」とイーダの字で書かれたメモが入っていた。夫妻には確か娘がいたはずだ。アーサーは会ったことがないが、その娘の子だろう。

カゴには紙ナプキンで包まれたクッキーが入っている。まだほんのりと温かかった。

「アーサー、可愛いお客様だね」

時広が出てきて、ヨウシアに微笑みかけた。

「ハウキネン夫妻の孫らしい。名前はヨウシア」

「ヨウシア、何歳?」

時広が英語で問いかける。この国は小学校から、きちんと使える英語を教えている。ヨウシアくらいの年齢ならば、簡単な日常会話はできるだろう。

「十歳」

思ったとおり、ヨウシアはちゃんと英語で答えた。

「お祖母ちゃんがこれを持っていけって」

「クッキーを持ってきてくれたんだね。美味しそうだ。アーサー、せっかくだからヨウシアをお茶会に招待して、みんなでイーダのクッキーをいただこうよ」

二人きりの大人の時間を邪魔されて面白くないのに、子供を家に入れるのか。アーサーがムッとして意見する前に、時広は「おいで」とヨウシアの手を引いて中へと入れている。

仕方がないのでアーサーはラウリに電話をし、ヨウシアが無事に着いたこと、休ませたあとに送っていくことを伝えた。

「僕はトキ。日本人だよ」

「私はアーサー。アメリカ人だ」

時広が薪ストーブの上で湯気を立てていたヤカンの湯でコーヒーを淹れる。ヨウシアには牛乳をたっぷり入れて、カフェオレにしてあげていた。

「日本人……。オレ、日本のマンガとアニメ、好きだ」

ヨウシアが目をきらきらさせてアニメの話を始めた。時広は聖母マリアのような優しい笑顔で聞いてあげている。イーダのクッキーは美味しかったが、アーサーにはたいして面白くない時間だった。

「ねえ、さっきキスしていたけど、トキとアーサーはゲイカップルなんだよね？　結婚しているの？」

ヨウシアのストレートな質問に、うっ、と時広がコーヒーを噴き出しそうになる。噎《む》せて咳《せき》をしている時広の背中を撫でてあげながら、アーサーが返答した。

「まだ結婚してはいない。だがおたがいに伴侶だと思ってはいる」

「まだ、ってことは、そのうち結婚するの？」

「するかもしれない。しないかもしれない。私は二人の関係に名前をつけなくてもいいと思っている。しかしトキを人生のパートナーとして世間に認めさせるには、正式に結婚しておいたほうがいいかもしれないな、とは思う」

「そんなこと考えていたの？」

時広がびっくりした顔を向けてくるので、アーサーは肩を竦めた。

「考えていた。とりあえず弁護士と相談して遺言状を作るつもりだ。不慮の事故などで私の身に万が一のことがあった場合、ただの同居人ではなんの権利もない。私の家族がトキをないがしろにする事態にはならないと思うが、私の意思が反映された遺言状があったほうが話は早いだろう」

時広は目を伏せてしばし考える顔になった。

「アーサーに万が一のことがあるかもしれないなんて、僕としては考えたくもないけど、あなたがそこまで僕を気遣ってくれているのは、嬉しいと思う。ありがとう」

「トキ、それは私のセリフだ。私の人生は、君に出会って初めて色づいた。私の前に現れてくれて、ありがとう」

心をこめて言葉を贈り、時広の手をそっと握る。黒い瞳を潤ませた時広だが、ヨウシアがじっと凝視していることに気づき、アーサーの手を振りほどいた。耳を赤くして恥ずかしそうにしている時広に、ヨウシアがため息をつく。

「オレのことは気にしなくていいよ。二人の邪魔しているのはわかってるから」

おのれの立場をよく理解している、賢い子じゃないか。

「オレがお祖父ちゃんの家に来たのは、ママが彼氏と旅行に行ったからなんだ。これまでは、そういうときはパパの家に預けられていたんだけど、パパがこのあいだ結婚しちゃったからさ」

唇を尖らせて、イーダのクッキーを手の中で転がすヨウシア。

どうやら天真爛漫《てんしんらんまん》に見えるヨウシアにも、いろいろと事情があるらしい。恋人と旅行へ出かけた母親に邪魔者扱いされたことは不憫《ふびん》ではあるが、どこの家庭でも大なり小なり、問題を抱えているものだ。

ヨウシアは母親と二人でヘルシンキに住んでいて、長期の予定で祖父母に預けられたのは初めてらしい。いつもはラハティという、ヘルシンキから北へ百キロくらいの場所で夏を過ごすと話した。仲が良い友達家族が所有するコテージの近くに、小さなコテージを借りるのだそうだ。

そこからサイマー湖まで足を伸ばし、毎年祖父母に会いに来てはいたが、母親と一緒だった。けれど今年は一人。友達も母親もいない八月を過ごさなければならない子供に、時広は辛そうな表情になった。

「それは、寂しいね……」

誰にでも優しいのは時広の美徳ではあるが、同情心から入れこみ過ぎて、かえって傷つくことにならなければいいのだが——とアーサーは心配になる。

「暇なときは、いつでもここに遊びにおいで」

「来てもいいの？」

「いいよ」

時広がはっきりと頷いてしまい、アーサーは思わず天を仰いだ。

子供に社交辞令は通用しない。絶対にヨウシアはこの家に通ってくることになるだろう。二人きりのバカンスを邪魔されたくないが、時広がこの子供を可愛がってあげたいと思ったのならアーサーには止められない。

まだ十歳なら時広によからぬ気持ちを抱くこともないだろう、とその点だけは安心だ。

たっぷり二時間もお茶会を開いたあと、アーサーはヨウシアを送っていくために車を出した。子供のヨウシアでも徒歩で十五分ほどの距離だけれど、歩いて送っていくと帰りも歩かなくてはならず面倒くさかったのだ。

ヨウシアはおとなしくアーサーの車に乗った。発車してからしばらくは黙っていたヨウシアだが、おもむろに口を開いて質問をしてきた。

「ねえ、トキのこと、本当に愛しているの？」

子供はいつでも直球だ。まだ語彙《ごい》が乏《とぼ》しい英語で問いかけているからかもしれないが。

「愛しているさ。それがどうかしたか？」

「……愛って、よくわからない。お母さんはお父さんと愛しあって、オレが生まれたはずなのに、別れちゃった。今は二人とも別の人と仲良くしている」

「もう少し大人になったら、理解できるようになるかもしれないな」

愛の定義について、ここで子供相手に持論を展開するつもりはない。無難な返答になった。

「オレはもう、いらない子なのかな……」

「そんなことは考えるべきでない」

ここで時広ならヨウシアを抱きしめるだろうが、アーサーは今運転中だ。性格的に時広の真似もできない。

「さっきのクッキーは、おまえのためにイーダが焼いたんだろう？　美味しかったのは、彼女が孫のヨウシアを愛している証拠だ。母親は今恋人に夢中かもしれないが、君には愛して可愛がってくれる祖父母がいる。いらない子だなどと言ったら、彼らが泣くぞ」

「……お祖母ちゃんを泣かせちゃダメだね」

「ダメだな。ここにいるあいだは余計なことを考えず、せいぜい祖父母の手伝いをして愛らしい孫でいろ。きっと溢れるほどの愛情を注いでくれるだろう」

うん、とヨウシアは笑みを見せて頷いた。柄にもなく子供に説教してしまい、アーサーは居心地が悪い。

すぐにハウキネン夫妻の家に着き、ホッとした。車のエンジン音を聞きつけてか、夫妻が家から出てくる。ヨウシアをイーダに引き渡し、クッキーの礼を言ってカゴを返した。車にふたたび乗りこもうとしたら、ラウリが引き留めてきた。

「アーサー、ちょっと耳に入れておきたい話がある」

ラウリはイーダたちが家の中に入ったのを確かめてから、アーサーに向き直った。その硬い表情から、あまり楽しい話題ではないと想像がつく。

「コテージ狙《ねら》いの泥棒が、この近辺にいるらしい。警察から連絡があった。すでに十数件の届けが出ているそうだ」

ラウリは別荘管理を生業《なりわい》としているので、そういう情報が警察からもたらされるらしい。

「これまで、冬場、人気《ひとけ》がない別荘地で空き巣が入ることはままあったが、夏場は今までなかったんだがな……。まあ、他国から流入した人間たちが、先のことなど深く考えずにやっているのかもしれん」

ラウリが言葉を濁し、ため息をついた。

「今のところ被害は金目のものを盗まれた、くらいだが、今後はわからない。その泥棒たちは複数犯らしいが、年齢性別国籍、どんな武器を携帯しているかも不明だ。とりあえず、私は見回りを強化する。車にはいつも猟銃を積んでいるし、不審者を見かけたらすぐ通報できるよう、携帯電話は肌身離さず持っているつもりだ。アーサーも気をつけてくれ」

「わかった」

予想よりも深刻な話を聞き、アーサーは周囲に視線を飛ばしながら帰り道を運転した。

この国では、届け出さえすれば銃の携帯は許可される。とはいえ、アーサーはほとんど射撃訓練などしたことはないし、時広はおそらく触れたことすらないだろう。

「必要ならば警備員を雇うという手もあるが……」

兄のエドワードに相談すればなんとかなるだろうが、せっかくリラックスするために来ているのに、物騒な装備をした男たちを周囲に置きたくないというのが本音だ。父親がボディガードを雇ったことがあり、それを見てきたアーサーはまだしも、時広にとっては未知の世界だろう。寛ぐことなんてできなくなるに違いない。

毎日が緊張の連続になるくらいなら、この国でのバカンスを諦めたほうがいい。

「しかし……」

アーサーは緑色の壁の家に帰り着き、車を停めた。ウッドデッキに時広が立ち、笑顔でこちらに手を振っている。その様子を見て、アーサーは時広になにも告げないことにした。

ラウリの話によれば人的被害は出ていないようだから、戸締まりを徹底して、常に二人で行動すれば、買い出し等の留守中に空き巣に入られたとしても自分たちが殺されることはないだろう。過剰に防衛して、時広を怖がらせたくない。

「ただいま」

「おかえりなさい」

出迎えてくれた時広を抱きしめ、キスをする。ウッドデッキからリビングに入り、後ろ手にドアの鍵をきっちり閉めた。

「さて、子供がいなくなったから、次は大人の時間だな」

「えっ？」

「そんなに驚くことか？　ヨウシアが来たせいで中断していた恋人ならではの行為の続きを、私は望んでいるんだが」

「アーサーったら、もう」

頬を赤く染めながらも、時広が背伸びをしてくちづけてくれる。

細い腰に腕を回しながら、アーサーはこのままリビングのソファでさらっと美味しくいただくか、二階の寝室に移動してたっぷり味わうか、どちらにしよう――と、端から見たらくだらないことで頭を悩ませた。

◇◇◇

「着いたーっ」

アーサーが駐車場に車を停めると、後部座席のドアを開けてヨウシアが飛び出した。時広も慌てて車を降りる。

「待って、ヨウシア、危ないから駐車場では走らないでっ」

書店が入っている建物に駆けこむヨウシアを追いかけた。

コテージでの生活は十日を数え、今日はスーパーマーケットがある街まで来た。

「トキ、私はあっちのリカーショップに行っているから」

「はーい」

アーサーに声をかけられ、時広は手を振って答えた。

食料の買い出しに行くから一緒に来ないかと、暇そうにしていたヨウシアに声をかけたら、「本屋に行きたい」とついてきた。だが、よく考えたら時広は小学生を連れて外出した経験がなかった。近い親戚もおらず、元は高校教師の時広にとって無謀だったかもしれない——と、元気なヨウシアを追いかけながら気軽に誘ったことを反省する。

十歳にもなれば物事の分別がつくと無意識のうちに思っていた。いやいやどうして、車が行き交う駐車場で走りだすし、書店の中でもマンガ売り場を探して落ち着きがない。他の客にぶつかってしまっても、謝りもしない。時広が代わりに何度も謝るはめになった。

「見つけた！　これ、これが欲しい」

目当てのマンガを見つけて笑顔になっているヨウシアに、時広は苦笑した。子連れの外出は大変だと短時間で疲労を覚えていたが、嬉しそうな笑顔を見てしまってはなにも言えなくなる。

きっと世の中の親たちは、こんなことを繰り返しながら子育てをしているのだろう。

「ママにお小遣いをもらっているから大丈夫」

「そうか。じゃあお会計して、アーサーに合流しよう」

ヨウシアをレジに連れていき、代金を支払ってから外に出る。リカーショップに行くと、アーサーがちょうど晩酌用の日本酒をカードで購入しているところだった。時広と知りあってから、アーサーはよく日本酒を飲むようになった。けれど日常的にはワインを好むので、コテージにはワインセラーがあり、何十本も保管されている。アーサーの兄も好きらしい。

「いいのが買えた？」

「やはりこっちは高いな。だが手ごろなものがあった」

一升瓶が入った箱を小脇に抱え、アーサーはヨウシアを見下ろした。

「そっちも収穫があったようだな。目当てのものは買えたのか？」

「うん」

ヨウシアが元気に頷くと、アーサーが微笑む。あまり子供が得意ではなさそうなアーサーだが、ヨウシアに冷たく当たることはない。ともすると過保護になりがちな時広と違って、一人の人間として接している感じだ。ヨウシアに対して客観的になれるところは、見習いたいなと思う。

「じゃあ次は食料品を――」

時広はスーパーマーケットの方へとヨウシアを促した。ところがなぜか動かない。どこかを見ている。

「ヨウシア?」

「……ママ……」

「え?」

「ママ!」

ヨウシアがいきなり駆けだした。すごいスピードでヨウシアは駐車場を駆け抜けていく。

「ヨウシア!」

あまりに突然のことで、時広は名前を呼ぶことしかできなかった。瞬時に反応して追いかけたのはアーサーだ。走りながらアーサーは抱えていた日本酒の箱を脇の植えこみに投げる。

アーサーが全力疾走している場面なんて、今まで見たことがない。長い脚でぐんぐんとヨウシアとの距離を詰めていく。

「アーサー、ヨウシア!」

ヨウシアが駐車場から道路に飛び出した瞬間、時広は悲鳴を上げた。横断歩道などない場所だ。そこに横から車がやってくる。道路に飛びこんだアーサーがヨウシアを突き飛ばしたところまで、時広は見た。車のブレーキ音があたりに甲高く響く。

「アーサーっ!」

足をもつれさせながら駐車場を横切る。道路に出ると、尻餅をついて呆然としているヨウシアと倒れているアーサー、そしてアスファルトにタイヤ痕をつけた車が停まっていた。

一瞬、時が止まったかのようだった。すべての音が消えてなくなり、アーサーしか見えなくなる。横臥《おうが》しているアーサーは動かない。動かない。動かない――。

時広は膝から崩れ落ちそうになりながらアーサーに近寄った。

「アーサー？」

目を閉じたアーサーはぴくりとも動かない。

まさか。

そんなこと。

「アーサー……アーサー………」

そっと肩に触れてみる。温かい。それなのにどうして目を開けてくれないのか。

「アーサー、ねぇ、アーサー、アーサー！」

起きて、起きてよ、どうして起きないの。こんなこと、あるわけがない。

「アーサー！」

「動かさないほうがいい」

見知らぬ男性が時広の手を押さえた。動揺するあまり、時広はアーサーの体を揺すっていた。

「今、救急車を呼んだから」

「そっちの子、あんたの連れなのか？」

周囲の人たちがわらわらと寄ってきて、中年女性が泣きだしたヨウシアを慰《なぐさ》めてくれている。

「アーサー……」

動かないアーサーを、時広はただ呆然と見つめていた。


「……ごめんなさい……」

涙声で謝り続けるヨウシアを、時広は黙って抱きしめる。

もう何度も「君が無事でよかった」と慰めたが、自分を庇《かば》ったアーサーがまだ目覚めていないからか、ヨウシアの自責の念は深まるばかりのようだ。時広も不安に押しつぶされそうになっていて、これ以上、ヨウシアを慰める言葉は出ない。

時広は病院の待合室でヨウシアと二人、静かに座っていた。

時刻は午後六時を回っている。アーサーは到着した救急車で病院に運ばれた。時広は救急車のあとをヨウシアとともにレンタカーで追いかけ――左ハンドルの車を運転するのは怖かったが、とにかく必死だった――そのまま検査が終わるのを待っている。

途中、医師に『命に別状はなく軽傷。頭部を打って脳震盪《のうしんとう》を起こしたようなので検査する』と告げられた。

ひとまず安堵したが、まだアーサーの顔を見ていない。無事な姿を見るまでは、安心はできなかった。

「ヨウシア！」

待合室のドアを開けて、ハウキネン夫妻が入ってきた。なにかの作業中だったのだろう、ラウリは革製のエプロンをつけたままで、イーダも似たような格好をしている。時広からの電話を受け、とるものもとりあえず駆けつけてくれたようだ。

「お祖父ちゃん、お祖母ちゃん」

泣きながら駆け寄ったヨウシアを、イーダがぎゅっと強く抱きしめてあげている。

「ケガは？　ないの？」

「ないよ。でも、アーサーが……」

ヨウシアが泣き腫《は》らした目でイーダとラウリを交互に見つめる。

「トキ、アーサーの容態は？」

顔色が悪くなっているラウリに、時広は精いっぱいの笑顔を作ってみせた。

「幸いなことに、軽傷だそうです。車には跳ねられていなくて、わずかに接触しただけでしたから。今、詳しい検査中です」

「そうか、よかった……」

「でもどうして、道路に飛び出したりなんかしたの。学校の先生やママに、危ないからっていつも言われていたでしょう？」

イーダに叱られて、ヨウシアは背中を丸める。

「あまり責めないであげてください。ヨウシアは、道路の向こう側を歩く人の中に、母親がいたような気がして思わず走りだしてしまったみたいなんです」

母親に置いていかれた寂しさは、祖父母や知りあったばかりの時広の優しさではカバーしきれるはずもない。言葉にしなくとも、ヨウシアはずっと母親のことを恋しがっていたのだ。よく似た面差しの女性を見つけ、衝動的に駆けだしてしまった。

「ああ、ヨウシア……」

イーダがあらためて孫を抱きしめ、その髪にキスをした。

ラウリは頭に被っていたイーダの手編みの帽子を取り、「私の孫が申し訳ないことをした」と謝罪してきた。イーダも「ごめんなさい」と半泣きで顔を伏せる。

「でも孫を助けてくれてありがとう」

「僕はなにもしていません。それはアーサーに言ってください。検査が終わったら帰れると思いますから」

ヨウシアを連れて帰って休ませてほしいと、時広は夫妻と子供を先に帰らせた。

待合室に一人きりになってすぐ、看護師が呼びに来た。先導されて病院の中を歩いていくと、一般病棟の一室にアーサーが寝かされていた。左腕に点滴されている。頭に巻かれた白い包帯が痛々しかった。目を閉じたまま動かないアーサーは、まるでよくできた彫像のようだった。

　ベッド脇に立っていた男性医師が、おもむろに口を開く。

「あなたは患者の家族ではないようですが……」

「パートナーです。一緒に暮らすようになってからまだ一年ですが、家族公認です。この国には避暑に来ていました。アーサーの家族は世界各国に散らばっていて、すぐには駆けつけられません」

「そうですか。では、あなたに説明しましょう」

　頷いてから、医師が検査結果を報告してくれた。アーサーはまだ一度も目覚めていないこと、CTとMRIで検査をした結果、特に異常は見つからなかったこと、頭部の打撲はたんこぶ状になっていたので冷やしていること。

　英語で話してくれたので、時広はきちんと理解しながら頷いた。

「目覚めたら、問診します。しばらく様子を見て、異常がなければ退院してもらいます。それでいいですか？」

「はい。ありがとうございます」

　時広が日本人らしく丁寧に頭を下げると、医師は軽く驚いたような顔をしたが、看護師とともに病室を出ていった。

　しばらくアーサーの寝顔を見つめていたが、今のうちに電話をかけようと病室を出る。

さっき医師に告げたように、アーサーの家族は世界各国に散らばっている。こんな緊急事態には、誰にどう連絡をすればいいのか聞いていなかった。とりあえず両親だろうが、時広は連絡先を知らない。アーサーの携帯電話は事故のときにズボンのポケットから飛び出して割れてしまっていた。

時広は自分の携帯電話をショルダーバッグから取り出しながら、さっきの待合室に戻る。アドレス帳の中から、エミーの電話番号を選び出した。

エミー・ガーネットはアーサーの秘書だ。アーサーが勤務する会社の社員ではなく個人的に秘書契約している妖艶な美女で、数カ国語を話せるうえにスケジュール管理等の事務能力がずば抜けている才媛《さいえん》だった。

プラチナ寄りのブロンドを優雅に巻いて胸まで垂らし、豊満なバストとくびれたウエスト、豊かなヒップでオフィスの注目を集めているらしいエミーは、女性としての魅力溢れる容姿ゆえに、アーサーと出会うまで苦労したらしい。

秘書としてバリバリと働くためには、自分のことを性的対象として見ず、能力を買ってくれる相手を探さなければならない。四年前、エミーはゲイのアーサーと出会い、正当な評価をしてくれる人間だと確信して契約したと聞いている。

大の親日家で、時広と友達付きあいをしてくれている。けれど、アーサーとともにバカンスに入っているエミーが、今どこでなにをしているのか、時広は知らない。フィンランドとはかなり時差がある国で、もしかしたら今は真夜中かもしれなかったが、緊急事態だったので時広は電話をかけた。

『ハロー、トキ?』

たっぷり十回以上鳴ったあと、エミーが応答してくれた。

『私と一夏のアバンチュールを楽しみたいっていうお誘いの電話なら嬉しいんだけど』

うふふ、と色っぽい含み笑いとともにエミーはそんな軽口を叩いてくる。

「ごめんなさい。僕にはアーサーがいるので」

『あら、残念』

「エミーは今どこに?」

『モルディブよ。グッドルッキングガイと最高のバカンスを過ごしているところ』

エミーらしいバカンスの過ごし方なのかどうか、時広には判断がつきかねた。

「バカンス中にすみません。楽しそうですね」

『ええ、楽しいわ。そっちも楽しんでいるんでしょう? アーサーは元気?』

「あの、そのことなんですけど……。アーサーのご両親に連絡を取ってもらいたいんです」

『アーサーの両親? 東京のホテルで対面したって聞いたけど、連絡先は聞いていないの?』

「聞いていません。実はアーサーの携帯電話が壊れてしまい、電話帳を開けなくて——」

『なにがあったの』

エミーの声音が変化した。

「……交通事故です」

電話の向こうでエミーが息を呑んだのがわかり、時広は慌てて「軽傷です。命に別状はありませんでした」と付け加えた。

「ただ、念のためご両親に伝えておいたほうがいいかと思って」

『わかったわ。電話しておく。病院名は？』

時広は病院名を伝え、通話を切った。

ひとつ息をつき、ベンチから立ち上がる。アーサーがいる病室へ戻った。眠り続けているアーサーを見つめ、「早く起きて」と念じる。医師に異常はないと診断されても、起きるまでは心配でならない。

とうに一般診療が終わっている病院は静かだった。夕食の時間が過ぎているせいか、入院病棟も落ち着いた空気に満ちている。患者の見舞いや付き添いの人はそんなに多くなかった。夏のバカンス期間中だからかもしれない。

窓の外はまだ明るい。日没までには、あと二時間近くあった。空は明るいけれど、時刻は夜。不思議な国だ。滞在して十日になってもまだ違和感はなくならないが、アーサーがいれば、そんな違和感もたいした問題ではなかった。

森の中の家で過ごす、アーサーと二人きりの毎日は、とても楽しい。天気が良ければ森の散策をしたり、手漕ぎボートを出して湖で釣りをしたり。天気が悪ければ、室内で読書をしたり、アーサーと恋人らしい触れあいをしたりした。

「アーサー……起きてよ……」

仕事に行かないアーサーはリラックスしきっていて、見たことがないくらいに甘えてくるときもある。案外、薪割りが上手なのも、あらたな発見だった。

病院は好きじゃない。祖母が亡くなったときのことや、自分が暴行を受けて入院したときのことを思い出すから。早く帰りたい。アーサーが目覚めたら、すぐにでもこんなところから連れ出したかった。

「アーサー、起きたら、すぐに帰ろうね」

森の生活に戻りたい。アーサーと二人で寄り添うように日々を送りたい。キスをして、抱きしめてもらいたい。

時広はベッドサイドに椅子を置き、じっと恋人の寝顔を見つめ続けていた。

「んっ……」

自分ではない誰かの呻き声が聞こえて、時広はハッと顔を上げた。いつのまにかベッドに上半身をつっぷして眠ってしまっていた。

病室の中はほのかに明るくなっていて、もう朝になっている。目の前のベッドに横たわるアーサーは、目を閉じたまま苦しそうに顔を歪《ゆが》めていた。

「アーサー、どうしたの？」

そっと声をかける。全身の検査はしたが、どこかひどく痛むところがあるのだろうか。

「う……うぅ……」

「アーサー、アーサー？」

体を激しく揺すりたい衝動に駆られるが、時広は我慢して手を握るだけにとどめた。温かな、親しんだ感触がする恋人の手。触れているだけで時広の不安が少し安らぐ。

不意に、アーサーが目を開いた。何度か瞬きをしたあと、アーサーはぐるりと周囲を見回す。そして最後に時広と目が合った。きちんと焦点が合っている視線に、どっと安堵が広がる。

「よかった……。アーサー、目が覚めてよかった」

涙で瞳を潤ませながら、時広は両手でしっかりとアーサーの手を握りしめた。

「ここ、病院だよ。アーサー、一晩目が覚めなくて、すごく心配した」

「……病院？」

「大丈夫、ケガは軽かったから。頭、痛い？　たんこぶができているって」

そう言うと、アーサーは時広が握っていないほうの手で自分の頭に触れ、包帯に驚くそぶりをする。

「すぐに看護師さんを呼んでくるね。ドクターの診察は……この時間だとまだできないのかな。よくわからないから、ついでに聞いてくる。あ、そうだ、この国の医療費ってどうなの？　外国人に対して高いのかな？　クレジットカードに医療保障がついているものがあるって聞いたけど、アーサーのカードはどう？　まあ、もし高くても、アーサーなら払えるか」

事故が起こってから十二時間以上、気持ちを張り詰めさせていた反動か、時広は思いつくままに喋った。アーサーが無言でいることに気づき、我に返る。

「ごめん、うるさかったね。アーサーは目が覚めたばかりなのに」

「……私はどうして病院にいるんだ？　ケガをしたのはどうしてだ？」

「昨日のこと、覚えていないの？」

時広は深く考えることなく、アーサーの質問に答えた。事故のあと、ずっと眠っていたから訳がわからなくなっているんだな、と単純に考えた。

「ヨウシアを連れて街まで買い出しに来て、そこであの子が車道に飛び出して、アーサーが助けたんだよ。ヨウシアは無傷。情けないことに、僕はとっさに動けなかった。アーサーはすごいよ。尊敬する」

「ヨウシア……？」

「ハウキネン夫妻の孫のヨウシアを誘ったでしょう。本屋でマンガを買いたいって言って、彼はついてきた」

「ハウキネン夫妻？　ということは、ここはフィンランドなのか？」

「……えっ……？」

そこでやっと時広はアーサーの様子がおかしいことに気づいた。アーサーは時広の手を振りほどき、怪訝《けげん》そうな顔を向けてくる。

「ところで、君は誰だ？」

キミハダレダ？

聞き違いかと、時広はきょとんとした。答えない時広に、アーサーはわずかに苛立《いらだ》つ表情になる。

「君の名前は？　見たところアジア系のようだが」

「アーサー、冗談はやめて」

笑おうとしたら頬が引きつった。

「今は何月何日だ？　私はどうしてフィンランドにいるのだ。フランクの代わりに日本支社に赴任することになっていたはずだ。エミーは？　私の携帯電話を出してくれ。彼女に連絡を取りたい」

「あの、アーサー？　なにを言って……」

日本支社に赴任、なんて、一年以上前の話だ。昨年の七月、アーサーは友人の代理で日本支社に行った。そして、今年の五月からＮＹの本社に戻っている。

「ふざけるのは、やめようよ。アーサー、僕たちは夏のバカンスをここで過ごすために、二週間前から来ていて――」

「バカンス？　今年のバカンスは取りやめになったはずだ。灼熱《しゃくねつ》の東京へ行くことになってうんざりしたが、友人の体調不良ならば仕方がない。私でなければダメだと言われては、引き受けざるを得ないだろう」

アーサーはため息交じりに呟き、肩を竦める。

「それで、君は？　私はどうして君を伴ってここに来たんだ？　会社の関係者か？　とてもそう思えないが……どういった知りあいだろうか」

ふざけているようにも、演技をしているようにも見えなかった。アーサーは大真面目な顔で時広をじっと見つめている。記憶を探り、思い当たるものがなく、首を捻《ひね》る――といった心の動きが見て取れた。

背筋がゾッと寒くなる。まるで、見ず知らずの他人を見る目を向けられて、腹の底が冷たくなっていった。

「ぼ、僕のこと、わからないの？」

尋ねる声が震えてしまう。冗談だ、びっくりしたか？　と笑ってくれることを願ったが、アーサーの視線は冷たいまま。

怖い――。

こんなアーサーは知らない。いや、知っていた。一年と一カ月前、初めて会ったときのアーサーは、こんな態度で時広に接していた。

「……本当に、僕がわからない？」

「わからないいな」

アーサーは一切の感情がこもらない声で即答した。

喉の奥に、大きくて冷たくて堅いものが詰まったような感じがする。呑みこめなくて苦しい。落ち着け、と必死で自分自身に言い聞かせるが、ぜんぜんうまくいかなかった。

「あの、ちょっと、待ってて。すぐに、戻るから。看護師さんを、呼んでくる……」

時広は震える脚で立ち上がり、病室を出た。

夜明けの入院病棟はまだ静かだ。夜勤の看護師がいる場所はどこだったっけ、と時広は歩きだす。まっすぐ延びる廊下が、果てしなく長く感じた。

ナースコールのボタンを押せばよかったのだと気づいたのは、一人目の看護師に遭遇してからだった。

◇◇◇

アーサーはうんざりしていた。

「いい加減にしてくれ。いつまで同じ質問を繰り返すつもりだ？」

ベッドサイドにいる精神科医と脳神経外科医が、揃《そろ》ってぴたりと動きを止めた。苛立ちをあらわにしているアーサーに苦笑いし、「では、とりあえず終わりにしましょう」とメモを取っていたファイルを閉じる。

医師が病室を出ていってくれ、ひとつ息をついたタイミングで、「あの」と声がかけられる。窓際の隅で観葉植物のようにひっそりと立っていた青年が、ぎこちない笑顔を向けてきた。

「たくさん話したから喉が渇《かわ》いていない？」

「……ああ、そうだな。水をもらおうか」

頼むと、「はい」と元気に返事をし、彼は買ってあったらしいミネラルウォーターのペットボトルをいそいそと差し出してくれた。銘柄をちらりと見て、ひとつ頷く。アーサーが好きな種類の水だ。

医師の問診に疲労を覚えていた体に、常温の水がじわりと染み渡っていく。

目が覚めたときに巻かれていた頭の包帯はもう外されていた。たんこぶができたところは触れると痛いが、普通にしていればもうそんなに痛みはない。

「ほかになにかしてほしいことはある？」

「いや、今はない」

本当にないからそう言っただけなのに、彼はしょんぼりと項垂《うなだ》れる。鬱陶《うっとう》しいことこの上ない。つい、ため息が零れた。

もう何度目かになる、値踏みするような目で、青年の頭の天辺から足の先までを眺める。痩《や》せた、小柄な東洋人。髪は中途半端な長さで無造作なうえ、真っ黒で重そうに見える。お世辞にもファッショナブルとは思えないフォルムの眼鏡の奥の瞳も黒だ。黄色がかった白い肌は東洋人特有のもので、アーサーは過去に関係を持った中国系の男の体をなんとなく思い出した。

坪内時広と名乗ったこの日本人の青年は、信じられないことにアーサーの恋人らしい。覚えている限り、こんなに貧相な体つきの男に欲情したことがなかったので、ただただ驚きだ。戯《たわむ》れに寝たというだけでなく、ラザフォード家が所有する別荘にまで同伴するくらいの付きあいだったなんて――。

（誰か嘘だと言ってくれ）

あまりの事態に、アーサーはそれを聞いたとき頭を抱えた。こんな男、知らない。

医師たちの問診と時広の証言で明らかになったのだが、アーサーは約一年分の記憶を失っている。

日本支社に赴任したのは昨年のことで、今は翌年の八月。五月に日本滞在中に知りあった時広を連れてNY本社に戻ったアーサーは、マンハッタンのアパートメントで暮らしている。

そして、夏のバカンスをフィンランドの湖水地方で過ごすために来ていた。

時広の話では、従弟のリチャードと面識があり、さらに両親にも挨拶ずみだという。

(信じられない……親に紹介なんて……)

アーサーはゲイであることを周囲にカミングアウトしている。常に人生のパートナーになり得る相手を探していたが、なかなか「この人だ」と思える人物とは巡り会えないでいた。そのため、恋人を両親に紹介したことはない。

時広を両親に会わせたということは、「この人だ」と思ったということだ。時広を見て、両親はいったいどんな反応をしたのだろうか。がっかりさせたのではないだろうか。

アーサーの好みは、自分と同程度に体格が良く、なんらかの能力に秀でている男だ。負け知らずのトレーダーと付きあったこともあるし、トップモデルと寝たこともある。おのれに自信があり、おのれの魅力を熟知してうまくアピールすることを知っている男らしい男を抱く。それがアーサーの恋愛の形だったはず。

いったいどうして、こんな軟弱そうで自信がなさそうな――しかも二十九歳という自己申告が信じられない外見の日本人を恋人にしたのか、まったくわからない。

日本でなにがあったのか。自分の趣味嗜好を百八十度変えるような、衝撃的な出来事があったのだろうか。

エミーに聞けばわかるかと思いついたが、アーサーの携帯電話は事故の衝撃で使えなくなっていた。時広が自分の携帯電話を差し出してきたが、親しくもない男の携帯電話など使えるわけがない。

とにかく、今がバカンス中でよかった。医師の診断では、一時的な記憶の混乱ではないかという状況なので、しばらく様子をみることになる。すぐに戻るかもしれないし、何年も戻らないかもしれない。

けれどアーサーは悲観的にはなっていなかった。一年前までの記憶はあるから、仕事に支障はないだろう。基本的な仕事の運び方が一年そこそこで大きく変化するはずもないし、最近の案件に関してはエミーが把握しているだろう。

問題は私生活だ。時広をどうする。

「トキ、話があるんだが」

ハッとしたように顔を上げて、時広が一歩二歩と、慎重に近づいてくる。

「……なに？」

「まだドクターから退院の許可は下りていないが、記憶以外に異常が見つからなかったら、おそらく帰宅を許されるだろう。その後は通院になると思う。私はとりあえずコテージに戻る。君はどうする？」

「えっ……？」

質問の意味がわからない、といった表情で見返された。

「申し訳ないが、私は君のことを覚えていない。恋人だったらしいが、今の私はとても君をそうとは思えないんだ。一緒にコテージに戻っても、たぶん恋人らしいことはなにもできない。つまり、その――」

セックスするつもりはない、君には欲情できそうにない、という今の正直な気持ちをどう伝えたらいいのか、アーサーは言葉の選択に困って口ごもる。どう言っても時広を傷つけることになりそうで。

「それは、わかってる。大丈夫」

最後まで言葉にしなくても察してくれたようで、時広はぐっと唇を噛み、頷いた。

「僕に関する記憶を失ったあなたと、これまでどおりの生活ができるとは思ってない。でも、今の状態のアーサーを置いてどこかへ行くことなんて考えられない。僕の顔も見たくないってほどじゃなければ、コテージに連れていってほしい。退院できても、しばらくは安静にしていたほうがいいと思うから、身の回りのことを僕がやりたいんだ。家事はだいたいできるし、嫌いじゃないから、そばに置いてもらえないかな……」

顔も見たくないとは、思っていない。ただアーサーの好みのタイプではないだけで、そんなに見苦しい容姿をしているわけではないし。

家事全般を任せられるのは、ありがたいかもしれない。どういうシチュエーションの交通事故だったのか覚えていないが、まともに轢《ひ》かれていなくとも勢い良くアスファルトの道路に倒れたのだろう。体のあちこちが、打ち身の鈍い痛みを発している。

それに記憶を取り戻すためには、事故直前の生活に戻ったほうが良い作用があるような気がした。

「……君はそれでいいのか？　今の私にとって、君は今日初めて会った人間なんだが？」

「それで構わない」

時広の黒い瞳には、なにかの決意が見て取れた。外見は軟弱そうだけれど、内に秘めたものは強靱《きょうじん》なのかもしれない。

「僕のことは、ハウスキーパーかなにかだと思ってくれれば」

時広がそう言うなら、アーサーはそうするまでだ。

だが本当にそれでいいのか？

水をちびちびと飲みながら自問自答していると、廊下を歩いてくる足音が聞こえてきた。ドアを開けて入ってきたのは、よく知った男だった。

「アーサー、事故に遭ったと聞いたが」

「エド」

兄のエドワードだった。スーツを着た偉丈夫《いじょうふ》は、まっすぐにベッドに歩み寄ってきてアーサーの手をぎゅっと握った。

「元気そうで安心した。軽傷だと伝え聞いてはいたが、この目で見るまで安心できなかったからな」

「わざわざ来てくれてありがとう。どこから来たんだ？」

「ベルリンだ。ヘルシンキ行きの昨日の最終便に間に合ったのは、私の日ごろの行いの良さのおかげだな」

　エドワードとアーサーは髪の色と瞳はそっくりだが、それ以外はあまり似ていない。エドワードの四角気味の顔の輪郭や太い骨格は、父方の祖父似だ。性格は両親のいいところをうまく取っている印象を受ける。

　兄は子供のころから思慮深い性格で、激高したところを見たことがない。アーサーは子供のころ、この兄が大好きでずいぶんと甘えた。エドワードが大学進学のために実家を出ることになったときは、本当に悲しくて、隠れて泣いたものだ。

「ああ、君がトキかな？」

　エドワードが静かに立っていた時広を見つけて、笑みを浮かべる。

「はじめまして、アーサーの兄のエドワードだ。君のことは父と母から聞いている。リチャードを手懐けたそうだな」

「手懐けるだなんて、そんな……」

　時広がはにかむように笑い、控えめに目を伏せる。

兄も時広の存在を知っていたとなると、恋人なのは疑いようもない。時広がアーサーの両親と従弟のリチャードに聞けばすぐにわかってしまうような浅はかな嘘をつく人間には見えなかったが、なにかの間違いであってほしかった。

「アーサーにパートナーができてよかった。そろそろ落ち着いてほしいと、兄として気を揉《も》んでいたんだ。コテージの居心地はどうだい？　なにかあったら管理を任せているハウキネン夫妻に言うといい。可能な限り、便宜《べんぎ》をはかってくれるから」

「居心地は、最高です。僕にはもったいないくらいの環境で――」

「エド」

二人の会話を遮《さえぎ》るように声をかけ、兄を振り向かせた。

「話がある。君は席を外してくれるかな」

時広に目配せすると、小さく頷いて病室を出ていってくれた。エドワードと二人きりになり、やっと気が休まる。やはり時広と空間を同じくするのはストレスだ。

「エド、私の病状で伝えたいことがある」

「病状？　ケガはたいしたことなかったと聞いているが」

「どうやら頭を打ったらしい。精密検査では異常はなかったが、記憶の一部が欠落している。さっきの彼――トキのことがわからない」

「えっ？」

エドワードはきょとんとし、時広が出ていったドアを振り返る。

「トキがわからない？　どういうことだ」

「一年間くらいの記憶が抜けている。東京支社に赴任したあたりからの出来事を忘れてしまっていて……。だから彼のことを覚えていないんだ」

「医師の診断は？」

「一時的な健忘だと」

「一時的……。だがこうした場合、いつ記憶が戻るかわからないんじゃないか？」

「わからないそうだ。明日かもしれないし、一年後かもしれないし、一生このままかもしれない。まさに神のみぞ知る、といったところだろう」

「それは――」

エドワードは絶句して、しばし無言になる。ひとつ大きく息を吐き出すと、もう一度ドアを振り返った。

「トキは、そのことを？」

「知っている」

「そうか……」

片手で額を押さえたエドワードはショックを受けているようだ。

たとえ一年分といえども弟が記憶を失っていたらそうなるだろう。それを踏まえて、一番に相談したいのは時広のことだ。

「私はどうしたらいいと思う?」

「どう、とは?」

「彼を恋人として扱ったほうがいいのか? とてもそうは思えないんだが」

「恋人だったことを覚えていないとしても、愛しいと思う気持ちは残っていないのか? 母さんから電話で聞いたぞ。おまえが見たこともないくらいデレデレとした顔でトキの肩を抱いていたと――」

「デレデレ?」

「彼をそうとう溺愛《できあい》している感じだったと言っていた。片時も離したくないくらいの執着を見せるアーサーが珍しかったと。これはもうトキを失ったら生きていけないくらいのダメージを受けるに違いないと、父さんと話していたそうだ」

「やめてくれ。そういう話をしないでくれ」

まったく別の世界の話を聞かされているようで、ゾッとする。

「彼のどこがいいのか、今の私にはまったくわからないんだ」

「アーサー……」

「私の好みからは大きく外れている。それなのにどうしてこんなことに――。一年前に、いったいなにがあったんだ? 知っているか?」

「いや、そこまでは知らない」

エドワードの申し訳なさそうな表情に、アーサーはがっくりと肩を落とす。重苦しい沈黙が病室を満たした。

そこに看護師が事務方の職員を連れてやってきた。実の兄が到着したと聞き、医療費の説明をしに来たのだ。時広ではやはり心許ないと思われていたらしい。

エドワード主導でそちらの処理は進み、その日のうちに医師の退院許可が下りた。もちろん通院が条件だ。病室にいてもすることがないので、それはかまわない。

問題がひとつある。

「エド、頼みがある」

「なんだ？」

「休みは取れないか？　しばらくコテージに滞在してほしい」

時広と二人きりになりたくない、という言外の訴えを、兄は正確にくみとってくれたようだ。しかめっ面になったが、「わかった」と了承してくれた。

「事情が事情だから、仕方がないな」

エドワードは、その場で自分の秘書に電話をかけ、数日の休暇をもぎ取ってくれた。

待合室にいた時広を呼び、退院を告げると明るい笑顔になった。笑うと可愛げがある。けれどそそられるか、と聞かれたらＮＯと答えるしかない。

時広の良さというものが、アーサーにはさっぱりわからなかった。

「それで、急だけれどエドがしばらくコテージに来てくれることになった」

「あ、……はい」

返事までに間があったのは、その一瞬で理由やらなにやらを考えたからだろう。けれど時広は特に質問はしてこなかった。

「よろしく、トキ」

「こちらこそ」

時広はエドワードとあらためて握手をし、ぎこちなく微笑んだ。

エドワードは最寄り駅からタクシーで病院に来ていたので、アーサー名義で借りていたレンタカーで移動することになる。運転はエドワードだ。機中泊のため睡眠不足だが、アーサーは脳震盪を起こした事故のあとなので心身に負担をかけないほうがいいと医師に言われて運転できない。

時広は外国で長距離運転をするのは慣れていないから怖い、と断ってきた。こんな田舎で怖いもなにもない。車がなければちょっとした移動にも困るのに。甘えている、とアーサーは呆れた。

三人を乗せたレンタカーはコテージに向かい、年に何度か訪れているエドワードはよく知っている道を危なげなく進んだ。

アーサーは二年ぶりだ。実際には三年ぶりになっているのだが、ひさしぶりに目にする湖水地方の豊かな自然を目で堪能する。慣れ親しんだ緑色の壁のコテージが見えると、フィンランドに来ているのだなと実感できた。

コテージの中に入ると、確かにしばらく人気《ひとけ》がなかったようには感じない。記憶にないが、ここに十日も滞在していたのだから当然だ。二階に上がってみた。二つのツインルームは使用した形跡がなく、メインベッドルームに置かれたクイーンサイズのダブルベッドだけが乱れていた。ベッドサイドのローチェストの上には、使いかけの潤滑剤のボトルとゴムの箱が無造作に置かれている。ここでなにが行われていたか、明らかだった。

現実を突きつけられ、しばし呆然と立ち尽くしていると、背後から「あっ」と短い声が聞こえた。アーサーの横をすり抜け、時広がそれらを片付ける。乱れていたベッドシーツも素早く剥がし、丸めて抱えこんだ。

「あの、僕は今夜から隣の部屋で寝るから、アーサーはここを使って」

時広は、あたふたと丸めたシーツとともに部屋を出ていく。逃げるような素早さだ。

アーサーはクローゼットを開け、荷物を一通り見た。間違いなく自分のものだと断言できる衣類と、時広のものらしいサイズの小さい衣類がある。

「これも隣の部屋に持っていってくれるんだろうな……」

着替えのたびにいちいちこっちの部屋に入られては、面倒くさい。夜までに移動させていなかったら、ひとこと言わなければ。

「おーい、アーサー」

エドワードが階段下から呼んだ。下りていくと、リビングにハウキネン夫妻と十歳くらいの少年がいる。この少年が夫妻の孫のヨウシアだろうか。

「アーサー、体調はどうだ？　一年分の記憶を失ったんだって？」

「ああ、アーサー、ヨウシアを助けてくれてありがとう。あなたは孫の命の恩人よ」

「困ったことがあったらなんでも言ってくれ。私たちはできるだけのことをする」

「なんでもするわ」

ラウリとイーダに挟まれるようにして口々に熱っぽく声をかけられ、アーサーは頷くことしかできない。

「アーサー、助けてくれてありがとう。オレのせいで、痛い思いをさせてごめんなさい」

ヨウシアがおずおずと近づいてきて、つぶらな瞳で見上げてくる。アーサーの意識としてはこれが初対面だけれど、本当はそうではないのだ。昨日から何度も泣いたらしい赤い目を見てしまっては、子供が苦手だなどと言っていられない。

アーサーは床に膝をついて目線を合わせ、「私は大丈夫だ」と安心させるために言った。だがヨウシアは首を横に振る。

「ぜんぜん大丈夫なんかじゃないよ。だって、トキのことがわからなくなっちゃったんでしょう？　大変なことじゃない。オレのせいで……」

目に涙を滲ませ、ヨウシアはぐっと唇を噛んだ。

「あ、トキ！」

ヨウシアがパッと身を翻して、リビングに入ってきた時広に駆け寄った。体当たりするように飛びつき、「ごめんなさい、ごめんなさい！」と叫びながら泣いた。

「ヨウシア、そんなに泣かないで。君は無傷だったし、アーサーも軽傷ですんだんだから、ラッキーだったんだよ」

「でも、アーサーが……」

「記憶はそのうち戻るよ。大丈夫」

「ほんとに、ほんとに大丈夫かな」

「僕はそう信じているよ」

時広が微笑むと、ヨウシアは泣きやんだ。涙と鼻水でぐちゃぐちゃになった顔を、時広が優しい手つきでタオルで拭いてあげる。十歳だと聞いた。そんなに甘やかさなくてもいいと思うのだが――。

アーサーはイラッとしながら、その光景を眺めた。

「トキ、なにかあったら私たちを頼ってくれ」

「そうよ。辛いときは私たちがいることを思い出して」

ハウキネン夫妻が時広に寄り添い、親愛の情をこめてハグをしている。それもまたアーサーの苛立ちを募らせた。まるで自分だけが悪役のようだ。たった一年分の記憶を失っただけなのに。

夫妻たちが帰ってしまってから、スーツから普段着に替えたエドワードが食事の用意をすると言ってキッチンに立った。すでに時刻は夕食の時間だ。病院で出された朝食を食べたきり、そういえばなにも口にしていない。時広に至っては、朝食すらとっていないのではないか、と気づいた。

「僕もやります」

時広がキッチンに入っていくのを、アーサーはリビングのソファから見た。カウンター越しに二人の様子はよくわかる。がっしりした体格のエドワードの横で、時広の華奢な背中はまるで子供のようだった。

つくづく、時広を恋人にしたときの自分の精神状態が不思議だ。いったい彼のどこに惹《ひ》かれたのだろうか。

不意にエドワードの笑い声が聞こえた。野菜の下ごしらえをしているようだが、それのなにが面白かったのだろうか。ナイフを持っていないほうの手で、エドワードが時広の背中を軽く叩いた。そして細い腰を抱くようにして引き寄せ、耳元になにかを話している。

アーサーはとっさに立ち上がった。

「エド！」

反応良く振り返ったエドワードが「なんだ？」と問いかけてくる。

なんだと問われて、アーサーは自分の中にエドワードを呼んだ理由がないことに気づいた。なぜ呼んだのだろう。わからない。ただ、呼びたくなった……としか思えない。自分でも説明がつかない衝動があった。

エドワードは時広から離れ、カウンターから出てきた。アーサーのところまで来ると、「コーヒーでも淹れようか？」と聞いてくれる。

「……ああ、頼む」

視線を泳がせながら頷いたアーサーの肩を、エドワードが労《いたわ》るように叩いてくれた。カウンター越しに、時広がこちらを見ている。気遣う目だ。キッチンに戻ったエドワードを、彼は上目遣いで見た。そのまなざしにまたイラッとする。今日、病院で初めて会ったはずのエドワードを、時広はどうしてそんな目で見ているのか。

エドワードも、時広に近づきすぎだと思う。もしかしてエドワードはゲイなのだろうか。兄妹の中でゲイだとカミングアウトしているのはアーサーだけだ。エドワードはあまり浮いた話を聞かない。てっきりストレートだと思っていたが——。

アーサーは頭を一振りして、ソファから立ち上がった。余計なことを考えてしまうのは、やはり記憶を失ったため精神的に不安定になっているのだろう。まったく好みのタイプではない時広がどうなろうと、知ったことではない。彼を恋人にしたときは、きっとなにか事情があったのだ。

リビングからウッドデッキに出た。ロッキングチェアに座り、目を細めて木漏れ日を眺める。
心を落ち着けよう。そうすればきっと、雑念に囚《とら》われることなく休暇を楽しめる。時広につ
いては考えないようにして、残り二週間になっているらしいバカンスのことだけを考えるのだ。
(明日の天気が良ければボート遊びがしたいな。ああ、そうだ、その前にエドワードに頼んで
携帯電話ショップまで車を出してもらおう。修理に出すより、買い換えたほうが早い。エミー
に連絡を取って、この一年間のことを聞き出そう)
そうすれば、なにもかもわかりそうな気がする。
予定を立てると、自然と気持ちが穏やかになってきた。
「アーサー、コーヒーができたよ」
ところがウッドデッキにコーヒーを運んできてくれたのは時広だった。せっかく凪《な》いでいた
精神がざわつき、不愉快な気分になる。けれどそれは時広のせいではない、と理性で抑え、極
力顔に出さないように努《つと》めた。「ありがとう」と短く礼を言う。
時広はマグカップをテーブルに置くと、すぐにリビングに戻っていった。
余計なことを言わない静かなところは合格点をあげてもいい、とアーサーは熱いコーヒーを
飲みながら採点した。

◇◇◇

コテージに来て初めて一人で眠る夜、時広はぼんやりと壁を見つめていた。

この壁の向こうにアーサーがいる。

もう眠りについただろうか。体調が悪くなってはいないだろうか。気になるが、部屋を覗きに行くわけにはいかない。今のアーサーは、時広を恋人だとは思っていないから。

まさかこんなことになるなんて、ヨウシアを誘って街に出かけたときは想像もしていなかった。ひどいケガにならなくて良かった、運が良かったと安堵する一方、どうして自分のことだけ忘れてしまったのかアーサーを責めたい気持ちもある。

「初めて会ったときみたいな目だったな……」

病室で目覚めたアーサーが時広に向けた目を思い出すと、苦笑いするしかない。

昨年七月、友人の紹介で日本語教師としてアーサーに会ったとき、道端の石ころ並みの関心しか抱かれなかった。時広は最初からアーサーに憧れを抱いたが、自分が彼の好みの範疇《はんちゅう》から大きく外れていることはわかっていた。だから望みなんて持たなかった。

それがどうしたことか、しだいに興味を持たれていき、九月には恋人になっていた。

恋人になってからのアーサーは優しかった。愛の言葉を惜しみなく口にしてくれ、いろいろなことで傷ついていた時広の心を慰め、無垢《むく》な体に愛される喜びを教えてくれた。時広の拙《つたな》い愛情を、大きな器《うつわ》で受け止めてくれ、新しい世界に——NYに連れていってくれた。

この一年は、時広にとってとても濃密な、大切な日々だった。アーサーとの愛の日々は、かけがえのない、なにものにも替えがたい時間で……。

「あ……っ」

不意に、ぼろっと涙が零れ落ちた。慌てて手で頬を拭ったが、次から次へとぼろぼろととめどなく落ちる大粒の涙が止まらない。

泣いて悲しんでいる場合ではないのに。ショックを受けて混乱しているのはアーサーなのに。自分は彼を支えて、見守っていかなければならないのに。

わかっていても、いつ記憶が戻るかわからない現状に、不安がいっぱいだ。

もしかしたら、明日の朝、起きてきたアーサーは普通に「おはよう」と抱きしめてキスしてくれるかもしれない。どうして隣の部屋で寝たのかと尋ねてくるかもしれない。君のことを忘れてしまう悪い夢を見たよ、と笑って言ってくれるかもしれない。そんな楽観的な夢を見たくなるほど、時広は心を乱していた。

「アーサー……！」

ベッドに突っ伏して、時広は声を押し殺して泣いた。

眠れない孤独な夜を過ごした時広は、日が昇る前から一階に下り、キッチンで朝食の用意を始めた。時間がたっぷりあるので、手のこんだ料理を作る。エドワードの好みはまだ把握していないが、アーサーの兄なのだからきっと好物は似ているだろうと推測した。自分用に和風の煮物も作る。カツオだしと醤油の匂いにホッとした。

火が消えかけている薪ストーブに薪をくべ、煮物の鍋を上にのせる。室内に運びこんだ薪が少なくなっていたので、時広はウッドデッキから外に出た。日が昇り始めたばかりの森は寒い。吐く息が白いほどだ。八月の東京ではあり得ない気温は予想どおりで、持ってきたパーカを着る。軍手をはめ、庭の小屋に積まれた薪を一本抱えた。薪は意外と重い。三本持っていきたいが、二本にした。

隅に置かれた薪割り用の鉈《なた》が目につき、戻ろうとした時広は足を止めた。

アーサーは子供のころから何度もここに来ているだけあって、薪割りがうまかった。スポーツジムで汗をかくことはあっても、肉体労働とは縁がないアーサーだ。意外な特技に、時広は惚《ほ》れなおした。日ごろなにもしない男が、キャンプでてきぱきと働いて見なおされるのと同じだとあとで気づき、時広は自分のチョロさに笑った。

「トキ、おはよう」

背後から声をかけられ、驚きのあまり時広は抱えていた薪を落とした。

いつのまに外に出てきていたのか、後ろにエドワードが立っていた。スーツではなくラフな普段着のエドワードは、どんな服を着てもエリートっぽさが抜けないアーサーと違い、ラウリに似た感じの山男になる。

時広が落とした薪を、エドワードはまるで発砲スチロール製の偽物を扱うように軽々と拾い上げ、さらに三本追加して抱えた。

「いきなり声をかけて悪かった、トキ。驚かせるつもりはなかったんだ。足の上に落とさなかったか?」

「だ、大丈夫です」

「君はずいぶん早起きなんだな。私が一番だと思っていたら、キッチンにもう料理が完成されていて驚いたよ」

エドワードが軽い口調でそう言い、笑った。時広の目が真っ赤に充血していることなんて一目でわかるのに、触れないでいてくれる優しさを感じた。

二人で家の中に戻る。薪ストーブの横に抱えていた薪を置きながら、エドワードが聞いてきた。

「まだアーサーは起きてこないだろう。食事はどうする？　起きてくるまで待つか?」

あまり食欲がない時広は、どちらでもかまわなかった。

「エドワードはどうしますか」

「私のことはエドでいいよ。そうだな、七時まで待って起きてこなければ、先に食べよう。とりあえずコーヒーを淹れようかと思っている。君も飲むかい？」

「あ、僕が淹れます」

「君は朝食の準備をしてくれたんだから、少し休憩しなさい。そこに座っていて」

薪ストーブの前に置かれたソファを指さされ、時広は従順に腰を下ろした。実際、寝不足の体は怠《だる》かったし、エドワードの気遣いは理解できた。

やがてマグカップを二つ持って、エドワードがキッチンから出てくる。

「君のカップには少しミルクを入れておいたからね。私好みの濃いめのブラックでは、今の君の胃に負担がかかりそうだ」

礼を言いながら片方を受け取り、カフェオレ一歩手前状態のコーヒーを飲みこんだ。ほんのり甘い。ここにもエドワードの優しさがこめられていた。

エドワードは時広の隣のソファに腰掛け、ゆっくりとコーヒーを飲む。

「トキ、今回のこと、アーサーの兄として申し訳なく思っている」

おもむろに口を開いたと思ったら、謝罪が飛び出してきて時広は驚いた。事故について、昨日はおたがいになにも言わなかった。アーサーの前でやり取りするのを、なんとなく避けるような感じになっていたからかもしれない。

「エドが謝ることはありません。むしろ、アーサーのご家族に謝罪しなければならないのは僕のほうです。そばにいながら事故を防げませんでした」

「君のせいではない。原因はラウリの孫だが、子供は突拍子もない行動をとるものだ。旅行中のはずの母親を見かけたと思って車道に飛び出してしまったのは、もう仕方がない。あの子はとても反省しているようだった。これ以上は責められない」

「そうですね……」

「運良く子供は無傷だったし、アーサーは軽傷だった。その点は喜ぶべきところだろう。ただ一年分の記憶を失ったのは、君にとって不運だった。いつ思い出すか医師にもわからないそうだから、君には辛い日々が待っていることが、容易に想像できる」

エドワードが沈痛な面持ちでため息をつく。時広は泣き腫らした目に痛みを感じた。もう流し尽くしたはずの涙が、また滲んできそうだ。

「もしかしたら、明日にでも思い出すかもしれないが……」

「そうですね。僕は希望を捨てていません」

時広は顔を上げてきっぱりと言い切った。微笑んだ時広に、エドワードも微笑みを返してくれる。

「ありがとう。君がアーサーの恋人で良かったと思うよ」

そんなふうにアーサーに似た声で慰められて、やはり涙腺が緩んでくる。時広は涙をこらえていることを気づかれないように俯《うつむ》いた。

「トキ、ひとつ約束してほしい」

「なんでしょう」

「辛いことがあったら我慢せずに、遠慮なく話してくれ」

エドワードの手が伸びてきて、時広の肩を慰撫するように優しく叩いた。

「私たちはもう家族のようなものだ。苦楽を分かちあうべきだと思う。君だけにアーサーの重荷を背負わせるつもりはない。一緒に乗り越えていこう」

「……はい……」

家族。そう言ってもらえて、気持ちがわずかに軽くなる。エドワードの大きな手の温かさが、じわりと体に染みていくようだった。

「なにをしているんだ?」

背後から冷たくて硬い声が聞こえてきて、時広はハッと振り向いた。開け放したままのドアに凭れるようにして、アーサーが立っていた。じろりと睨まれて身が竦む。優しさのカケラもないまなざしに、せっかくエドワードが慰めてくれて癒《い》やされたところが、またたくまに傷ついていく。

「私だけ除け者にしてモーニングコーヒーか。二人はずいぶんと仲が良くなったんだな」

ひどい言い方に、時広は絶句する。エドワードが「おい」と眉間《みけん》に皺《しわ》を寄せた。

「妙な誤解はするな。おまえが起きてくるのを待っているあいだ、コーヒーを飲みながら話をしていただけじゃないか」

「ああ、そう」

アーサーは気のない返事をして、気怠そうに手近なソファに座る。

「トキ、たぶん君の携帯電話だと思うんだが、しつこく鳴っていたぞ。うるさいから部屋に置いておくときは音を消してくれないか」

「ご、ごめんなさい」

時広はマグカップをテーブルに置くと、慌てて二階に上がった。誰から電話がかかってきたのか確認するためと、機嫌が悪そうなアーサーから逃げたい気持ちがあったからだ。

ベッドサイドのチェストに置いてある携帯電話を見てみると、日本にいる学生時代からの友人・角野大智《かどのだいち》からの着信だった。日本とフィンランドの時差を考えると、今ごろ日本は昼休みなのだろう。

時広は折り返し電話をかけてみた。呼び出し音二回で『時広か?』と友人の声が届く。

「大智……」

『エミーから聞いた。大変だったな。アーサーのケガはどんな具合なんだ?』

そういえば、エミーにはアーサーの両親に連絡を取ってもらったお礼を言っていない。アーサーが一年分の記憶をなくしたことも伝えていなかった。

「ケガは、幸いにもたいしたことはなかったんだ。ただ……」

『ただ、なんだ？』

躊躇いながらも、時広はかいつまんでアーサーの様子を話した。

「それで、わざわざドイツから駆けつけてくれたお兄さんのエドワードが休暇を取って、しばらくコテージにいてくれることになったんだ」

『マジか……』

電話の向こうで大智が呆然としているのがわかる。無理はない。誰だって知人が記憶喪失になったら驚くだろう。時広だって、いまだに信じられない気持ちがあるのだから。

『あのアーサーが、おまえのことがわからなくなったなんて……。一年分って、俺のことも忘れたんだな』

「たぶん。アーサーの中では、日本支社に赴任する直前らしいから」

大智は『うーん…』と唸《うな》っている。

「とりあえず、バカンスの期間はここにいて養生する感じになると思う。あと二週間あるから、それまでに記憶が戻るかもしれないし」

『こんなことは言いたくないけど、戻らなかったらどうするんだ？』

「それは――」

今はまだ考えたくない。けれど、近いうちに考えざるを得なくなるだろう。

事故後のアーサーは時広の存在を疎《うと》ましく思っている。このまま記憶が戻らなかったら、時広はＮＹへは帰れないかもしれない。

ＮＹの部屋は、アーサーが時広と二人で暮らすために選んでくれた場所だ。大きな家具はインテリアコーディネーターに依頼して揃えてもらったものだが、小物は二人で選んだ。たった三カ月しか住んでいないが、それでもひとつひとつにエピソードがある。二人で愛を育んだ場所だった。

ドアマンのエリックとアーロン、日本人留学生の祐司《ゆうじ》。向こうで時広はあらたに人間関係を構築し、根を下ろすために準備をしているところだった。

それらをすべて捨てて、日本に――？

「もし……もしも、の話だけど、僕が一人で日本に戻ることになったら、どうする？」

『どうするもこうするも、お帰りパーティを派手にぶち上げてやるよ』

大智の明るい声音に救われた。

「あはは、そうか、そうだね。ありがとう」

『いつでも俺は成田まで迎えに行くから』

「ありがとう……。本当に」

変わらぬ友情を示されて、時広は涙をこぼした。

オールを漕いでいた手を止めて、アーサーはボートにごろんと横になる。サングラス越しに空を見上げた。小さな湖だが、真ん中近くまで来れば耳に届くのは自然の音だけ。耳障りな人の声は入ってこないし、視界に入ると苛つくものもない。

◇◇◇

事故から五日がたっていた。

アーサーの記憶はいまだに戻っておらず、時広のことがわからないままだ。だがそれ以外に問題はなく、あと十日あまりでバカンス期間が終わっても、特に支障はないと思っている。

しかしそう楽天的に考えているのはアーサーだけだった。

事故で携帯電話が壊れてしまったので、アーサーは新しいものを手に入れた。そしてすぐにデータを移行し秘書のエミーに連絡を取った。この一年間の仕事について聞くためだ。けれど彼女はアーサーが欲しい情報を教えてくれず、時広を忘れたことを詰《なじ》った。

『信じられない、信じられない！　ボスが最愛の人であるトキを忘れてしまうなんて！』

耳元でがなり立てられ、アーサーはうんざりした。

「アレが最愛だと？　東京にいた数カ月の間に、いったいなにが起こったんだ。私は気が触れたのか？　それともあの日本人に弱みでも握られて、言いなりにならざるを得なくなっていたのか？」

『最低っ』

吐き捨てるように言われて、アーサーはため息をついた。エミーはアーサーが個人契約で雇用している秘書だ。よくもそんな口がきけたものだと言い返したかったが、自分の言葉が最低だということは自覚できたので憤りを呑み込んだ。

『確かに、トキはボスが今まで付きあってきた男性たちとはタイプが違います。ぱっと見は地味かもしれませんが、親しくなっていくうちに性格の良さが理解できていくタイプなんです。私はトキほど純真で正直で、情が篤《あつ》くて献身的な人を知りません』

いくらなんでも、それは褒め過ぎでは。

『ボスが真綿でくるむように大切にしていた恋人ですよ。記憶が戻ったとき、この暴言の数々を死ぬほど後悔することになっても知りませんからね』

ブツッといきなり通話が切れた。仕事の話を切り出す間もなく、唐突に。

アーサーは唖然《あぜん》とし、つぎの瞬間にはカッとなって携帯電話をベッドに叩きつけていた。バウンドする電子機器を放置して、苛々しながらベッドルームを出た。

階段を下りていけば、キッチンの方から笑い声が聞こえてくる。エドワードと時広だ。ちらりと覗き見ると、楽しそうに肩を並べて料理している。事故の翌日が初対面だったはずなのに、二人は急速に距離を縮めて仲良くなった。

時広はアーサーが近くに寄ると緊張に身を強張らせるくせに、エドワードのそばではリラックスしている。アーサーには向けてくれない明るい笑顔も、エドワードには大盤振る舞いだ。自分のそっけない態度がそうさせているとわかっているが、ムカムカしてたまらない。

二人が一緒にいるのを見たくなくて、アーサーは一人で湖に出た。中程まで進んでから、釣り竿を持ってくれば良かったと後悔したが、取りに戻るのは面倒だった。昼寝でもしようと、横になる。やたらと眠いのだ。

退院してからずっと、夜、なかなか寝付けない。やっと眠れたと思っても、嫌な夢を見る。夢の内容は覚えていないが、楽しい夢ではないことはわかっていた。全身に汗をかいて目覚めると、焦燥感だけが残っている。一年分の記憶なんてどうでもいいと思っているのに、アーサーの深層心理は元に戻ることを切望しているのだろうか。

広いベッドに一人で寝る違和感が、日に日に増していくのはなぜだろう。浅い眠りの中で、つい隣に人肌の温もりを探してしまう理由なんて、考えたくない。エドワードと仲良くしている時広を見てイラつくのが嫉妬《しっと》だなんてことは、絶対にない。

「くそっ」

時広に対して無関心でありたいのに、どうしてこんなに気になるのか。

エミーは時広のことを『最愛の人』と表現した。そして、真綿でくるむように大切にしてきた恋人だと。

どんなふうに日本で知りあって、どんなふうに近づいて、どんなふうにキスをして、セックスしたのだろうか。あんな、なにも知らない子供のような時広を、自分は抱いたのか。

なれそめを知りたいと思い始めているが、そんなこと、誰にも聞けない。

時広と二人きりになりたくなくてエドワードをコテージに誘ったが、失敗だったかもしれない。まさかアーサーをそっちのけにして、あんなに親しくなるなんて。

重いため息をつき、目を閉じる。ボートはゆらゆらと波に揺れた。その波に身を任せ、アーサーは眠りに落ちていった。

どれだけ眠っただろう。ふと目が覚めて体を起こすと、太陽の位置が少し変わっていた。ボートは相変わらず湖の中程にある。

「今、なにか……」

脳裏に映像がひらめいた。

なんだろう。なにか――。

「そうだ、私は日本支社に赴任して、エミーの勧めで日本語教師を雇うことになったんだ」

猛烈に暑い真夏の東京。それでもスーツ着用がほぼ義務で、うんざりしながら出社した。どれだけ環境に不満があっても、プライドがあるから仕事はきっちりこなす。長期滞在しているホテルに戻ると、小柄な日本人が待っていた。

「そうだ、それがトキだった……」

思い出した。時広との出会い。

日本語の勉強に乗り気ではなかったから、せめて好みの男ならばヤル気が出るだろうと期待していたのに、現れた時広にがっかりしたのだ。

「あのとき、トキは両手首に包帯——いや、テーピングテープか？　ベージュ色だった。それを巻いていなかったか？」

断片的にしか思い出せないが、確かそうだったような気がする。だがなぜ両手首に巻かれていたのか、理由までは思い出せない。思い出したほうが良いような気がする。とても重要なことだと、アーサーの頭の中でもう一人の自分が警告した。

アーサーはオールの柄を掴《つか》み、急いで岸に向かって漕ぎだした。古い桟橋にボートを横付けし、ロープで結ぶと飛び移る。コテージに急ぐと、時広は庭にいた。両腕に薪を抱えていて、室内に運ぶところらしい。彼の細い腕に、それはとても重そうだった。

アーサーに気づいて振り向いた時広が、「おかえりなさい」とぎこちなく微笑んでくる。エドワードに向ける屈託ない笑顔にはほど遠い、作り笑顔だった。胸の奥がキリリと痛んだが、仕方がないことだと自分に言い聞かせた。今は別の話がある。

「トキ、重いだろう。私が持つ」

「ありがとう」

その腕から薪をひょいひょいと取り上げると、時広がふっと笑った。思わず零れた、といった感じの笑みはとても自然で、目を奪われる。冴《さ》えない日本人としか思えなかった容貌が、可愛らしく見えた。

「なにか、おかしかったか？」

「やっぱり兄弟は似るんだなと思って。このあいだ、僕が今みたいに薪を運んでいたら、エドワードが手伝ってくれたんだ。こんなに重い薪を、大きな手で軽々と掴んだから、びっくりした」

なんだ、エドワードの話か、と舌打ちしたくなる。そのエドワードはいつのまにか出かけたようだ。車がない。

せっかく自然な笑みを見ることができて、それが可愛いと思ったのに、時広はエドワードを思い出していたわけだ。面白くなくて、アーサーは運んだ薪を乱暴にストーブの横に放った。大きな音がリビングに響き、視界の隅で時広が体を竦ませるのが見えた。

「トキ、君は一年前、どうして両手首にテーピングテープを巻いていたんだ？」

不躾《ぶしつけ》な質問だという自覚はあった。両手首にテープを巻くなんて、尋常ではない。片手だったらリストカットを疑うが、両手だ。ケガをしたとしても、普通のケガではあり得ないと想像がつく。だから時広に記憶の照合を求める際には、問いかけ方を慎重にしたほうが良いだろうと、ボートを降りて庭で薪を手にするまでは考えていた。

それなのに、こんな聞き方——。

案の定、時広の顔色が変わった。

「手首の、テーピングテープ?」

「そうだ。初対面のとき、君は両手首にテープを巻いていただろう。違うか? さっき、急にそのときのことだけを思い出したんだ。この記憶が正しいのかどうか、君に聞いて確かめたくて戻ってきた」

「確かに、テープは巻いていたけど……」

小さく頷き、時広は「思い出したのは、それだけ?」と見上げてくる。わずかな希望に縋《すが》るような黒い瞳から、アーサーは顔をそむける。

「それだけだ。私の質問には答えてくれないのか。テープの理由はなんだ?」

「それは、その……」

時広は視線を泳がせて、忙しなくまばたきした。

「私には言いたくないのか」

「……事故前のアーサーは、全部知っていたから……」

「ああそう、知っているはずだから、教えたくないというわけだ」

時広が明らかに傷ついた顔をした。どうしてこんな言い方しかできないのか。自分で自分を殴り飛ばしたくなる。

「エドは知っているのか？」

「知らないと思う。アーサーが話していないのなら」

以前の自分が兄に恋人の事情を逐一話していたかどうかすら、今のアーサーにはわからない。苛々する。なにもかもに。

「くそっ」

衝動的に近くにあったソファの脚を蹴った。どっしりとした造りの重いソファがわずかに動く。時広がますます怯《おび》えた様子を見せ、自己嫌悪のあまりわめきたくなった。

「そんな目で見るな」

「そんな目？」

ビクついている自覚がなかったらしい。

「さっさと質問に答えろっ」

あまりにも腹立たしくて、怒鳴ってしまった。

「両、両手首のテーピングテープは、傷を隠すためだよ……！」

震える声で時広が語り始める。泣きそうになりながら、時広が一息に話した内容は、想像よりもひどかった。

「ストーカーに拉致《らち》監禁されて、縛られたときの擦過傷がなかなか消えなくて、それで、隠す

ために テープを巻いていた。僕自身、その傷を見たくなくて……見るといろいろなことを思い出しちゃって、平常心ではいられなくなるからテープを――」

「ストーカー？　拉致監禁？」

「同僚の男性教師に、ずっとつきまとわれてて」

「警察に通報しなかったのか」

「僕は男だし、相手も男だったから、まともに取りあってくれなかった」

「同僚ならば職場の上司に訴えれば――」

「彼は経営者の身内で、僕さえ我慢すればいいって言われた」

「なんだそれは！」

　当時の関係者に猛烈に腹が立って、アーサーはまたソファを蹴り上げた。後退《あとずさ》りする時広の腕を掴み、手首を覆っている長袖のパーカをめくり上げる。日に焼けていない白い肌に、傷はなかった。時広の手はかすかに震えていた。

「もう消えたから……」

「そのストーカーは今どうしている？」

「刑務所の中。たぶんまだ出ていないと思う。アーサーと出会ったときは執行猶予中で外にいたんだ。もう一度、僕を暴行しようとしたから捕まって――」

「なんだと？　もう一度？　では君は二回もそいつに暴行を受けたのか？」

「二回目のとき、僕を助けてくれたのはアーサーだよ」

「えっ……」

覚えていない。

「僕の友人の大智と二人で駆けつけてくれて、助けてくれた。アーサーは僕のためにストーカーと戦ってくれたんだ。僕はそのとき気を失っていたから見ていないけど、あとで大智が教えてくれた」

戦った？　その男を自分が殴り倒しでもしたのだろうか？

エリートの当然の習慣として、アーサーはスポーツジムに通って適度な運動をするように心がけている。だが体を動かすのは、あくまでも健康のためであり、人を殴るためではない。そもそもアーサーは人に手を上げた経験がほとんどなかった。それなのに、殴ったのか。

「……覚えていない……」

呆然と呟いたアーサーの手を、時広の小さな手が包みこんだ。

「大丈夫、僕が覚えている。僕はあなたに感謝しているよ」

そう言ってくれた時広だが、やはり指先が震えていた。血の気の失せた白い頬が痛々しい。

二回目の暴行事件は自分と出会ったあとだから、今から一年以内の出来事のはず。まだ生々しいであろう、痛ましい暴行事件の記憶をアーサーに無理矢理掘り起こされたわけだ。

今さらながら、苛立ちに任せてソファを蹴った行為を反省する。結果的に、時広を脅《おど》して過去を白状させるようなことになってしまった。

エミーの言葉が蘇《よみがえ》ってくる。

真綿でくるむように大切にしていた恋人――。

きっと事故前のアーサーは、悲惨な事件を乗り越えて前を向いて生きていこうとしている時広を応援し、支えていこうとしていたに違いない。それなのに、今の自分はいったいなんだろう。なにをしようとしているのだろう。なにも考えずにただ苛立ちを物にぶつけ、横柄な態度で時広に接し、悲しそうな顔をさせるばかりだ。

「……悪かった。言いたくないことを言わせてしまって……」

そっと時広の手を解く。

「アーサー……」

気遣わしげな目を向けてもらえる資格など、今の自分にはない。自己嫌悪のあまり湖に飛びこんで底まで沈んでしまいたい気分だった。

元の位置からずれたソファを戻し、二階に上がる。一人には大き過ぎるベッドに腰を下ろしたアーサーは、両手で頭を抱えた。

最低だ。男としても、人間としても。

そのまましばらく寝室にこもっていたら、車のエンジン音が聞こえてきた。エドワードが帰ってきたらしい。窓から外を見下ろすと、時広が出迎えのためにウッドデッキまで出たのが見えた。買い出しに行っていたようで、大きな紙袋を抱えたエドワードに、時広が明るい声をかけている。

そんな二人を見ていたくなくて、窓から離れた。

記憶をなくしたうえに態度の悪いアーサーよりも、気配りができて親しみのあるエドワードを時広が頼ったとしても責められない。

けれど、エドワードではなく、自分に笑いかけてほしい。

彼の自然な笑顔を見たい、と思った。

◇◇◇

バスタブに溜めた湯に体を沈め、時広はふぅと息をつく。二階の各ベッドルームにはバスルームが付いているので、気兼ねなく長風呂できるのはありがたかった。

NY暮らしでいつも使っているバスオイルを持ってきて良かった。慣れ親しんだ香りを胸いっぱいに吸いこみ、目を閉じる。愛情に溢れた、楽しかった日々が頭の中に蘇ってきて、辛い現状に疲弊した心が癒やされた。

事故から一週間。アーサーは少しだけ記憶を取り戻した。けれどそれはかなり断片的で、話を聞く限りまるでスナップ写真を垣間見ているだけのような印象を受ける。

東京支社に赴任したときは真夏で猛暑だったとか、初対面のとき時広は両手首にテーピングテープを巻いていたとか、エミーと支社長室で打ちあわせをしたときに日本の菓子を出されて食べたとか——。さまざまな場面が浮かびはするようだが、それらは繋がらない。それに、アーサーが本当に知りたいことはなかなか掴めないないらしく、苛立ちは募りこそすれ解消するにはほど遠いみたいだった。

一度、エドワードとともに通院したが、様子を見る以外に方法はないと言われた、と落胆して帰ってきた。ただ寝付きが悪くなっているとかで、睡眠導入剤を処方してもらったと聞いた。このままバカンス期間が終わっても、エミーのフォローがあればたぶんアーサーの仕事に支障はない。だからといって記憶の一部が欠けている状態が、精神衛生上良いはずがなく、アーサーは元に戻りたいと願っている、とエドワードは言っていた。

事故からもう一週間と捉えればいいのか、それともまだ一週間と捉えればいいのか——。時広はアーサーにどれほど冷たくあしらわれてもかまわないと思っている。一番辛いのは本人なのだから。

けれど、鬱陶しそうな目で見られると傷つく。物に当たる様子を見せられれば怖い。アーサーを刺激しないように、静かに生活しているつもりでも、きっと徹底できていないのだろう。

事故前の、あの甘い日々を懐かしく思い出すたび、時広も辛かった。

『私の人生は、君に出会って初めて色づいた。私の前に現れてくれて、ありがとう』

そう言ってくれたとき、アーサーは自分にもしものことがあった場合を考えて、弁護士に相談すると話していた。二人の将来を真剣に考えてくれていることが嬉しかった。これからずっと、手を取りあって、慈しみあって生きていくのだと、あのときは信じて疑わなかった。ほんの十日ほど前のことだ。

（アーサー……）

湯船にぽつんと涙が落ちた。続けて、ぽつぽつといくつも落ちる。ここでなら泣いてもいい。誰もバスルームには入ってこない。気がすむまで泣いて、時広は逆上《のぼ》せそうになる直前に湯船から上がった。

洗面台の鏡にうつる自分は、少し痩せたようだった。風呂上がりなのに冴えない顔色をしている。時広が病的な表情をしていたら、エドワードに心配をかけてしまうだろう。気をつけなければ。

ふと、股間に目が行った。アンダーヘアが伸びてきている。事故から一週間、まったく剃られていないからだ。ここを剃るのは、アーサーの役目だった。自分で剃ろうとは思わないから放置してある。

十円ハゲを隠すために剃ってしまったらアーサーが異常なほど固執したのには驚いた。いろいろなメーカーの剃刀を購入して使い心地を比べたり、剃り跡を舐め回したり。

アーサーはもともと性欲が強くてセックスが好きなタイプのようだが、特殊な性癖はなかったはずだ。それが、恋人の無毛の股間に興奮して、毎晩の剃毛をプレイとして楽しむようになってしまうとは。

思い出し笑いをしながら、時広は自分の股間を撫でた。生えてきたヘアがざらざらしている。今でもまだ十円ハゲは存在しているのだろうか。治ったのか、まだあるのか、わからない。

「もっと伸びてくれれば、わかるよね」

つまり、アーサーの記憶が戻らなければ、ここを剃る人はいない。そして、時広もここを誰にも見せるつもりはないから、隠す必要もない。

アーサーが時広を思い出すまで、何年でも何十年でも貞操を守りきると決めているわけではないが、たぶんそうなることは容易に想像できる。時広にとって、アーサーは特別で、ただ一人の男だ。

彼がこの体を抱いてくれないなら、もう誰も抱いてくれなくていい。

気がすむまで泣いたはずなのに視界が潤んできた。喉の奥からこみ上げてくるものをぐっと押しこめ、鏡から顔を逸らすと、時広はパジャマに手を伸ばした。

翌朝、薪ストーブを囲むようにして食後のコーヒーを三人で飲んでいると、エドワードが今後の話を具体的に口にした。

「私はそろそろ仕事に戻らなくてはならない。これ以上は休めそうにない。痺《しび》れを切らした私の秘書がヘルシンキまで出てきてしまった。君たちはどうする？」

時広とアーサーを栗色の瞳で交互に見てくる。

エドワードは夏の休暇を前倒しで七月に取っていたそうだ。今回はアーサーに頼まれたし非常事態ということで、急遽《きゅうきょ》一週間以上も休んだ。これ以上は仕事に支障が出るのでオフィスに戻りたいと話す。

エドワードがいなくなると、このコテージにアーサーと二人きり。予定している夏のバカンスはあと一週間ほど残っている。最後まで二人でここにいるか、ＮＹに戻るか、それとも二人は別行動を取るか。

アーサーは黙りこんでなにも言わない。時広と二人きりなんてごめんだと、真っ先に主張すると思っていたのに。

「あの、僕は……」

アーサーが気持ちを言葉にし辛いと躊躇っているのなら、時広が先に言うべきだろう。

「僕はどちらでもいいです。この場所は気に入っているし、アーサーと二人で過ごすことは最初から予定されていましたし、問題はありません」

「本当に問題はない？」

確かめてくるエドワードに、時広は「はい」とはっきり頷く。

「でも、アーサーが一人になりたいと言うなら、僕はいつでもここを出ていきます。その場合、とりあえず日本の実家に帰ります。帰る家はあるので、大丈夫です」

安心させようと笑顔になったつもりだが、うまく笑えていなかったのかもしれない。エドワードが哀れむようなまなざしになった。

ひとつ息をつき、エドワードはアーサーを見遣る。

「アーサーの意見は？」

「……予定どおり、バカンスの期間中はここにいる。トキがいても、特に問題はない」

意外な言葉に、時広は驚いた。視界に入るだけで鬱陶しがられていることは自覚していたから、日本に帰れと言われても仕方がないと覚悟していた。

「トキと二人で大丈夫なのか？」

「それはどういう意味で言っているんだ？」

ムッとした顔で兄に聞き返すアーサーを、時広ははらはらと見守る。

ここのところ急激に兄弟間の雰囲気が悪くなっているような気がするのだ。事故直後、駆けつけてくれたエドワードをアーサーはとても頼りにしている感じだった。それなのに、日がたつにつれてアーサーはエドワードへの態度を悪くしている。気が許せる兄に苛立ちを隠していないだけかと思っていたのだが、どこかそうではないような気がする。

仕事に戻ると宣言したエドワードを見るアーサーの目には、取り残される心細さや今後への不安感はない。むしろ敵愾心《てきがいしん》のようなものが浮かんでいる。ドイツに戻ると決めたならさっさと戻れとでも言いたげな表情だ。

どうしてだろう。エドワードは優しい兄で、アーサーだけでなく時広をも終始気遣ってくれているというのに。

「悪かった。余計なことを聞いたな」

肩を竦めて苦笑し、エドワードは立ち上がる。

「では、私は荷物をまとめてくる」

「どうやってヘルシンキまで戻るつもりだ？」

「鉄道を使う。ここから最寄り駅まではラウリに車で送ってもらうつもりだ」

アーサーはまだ医師から長距離運転の許可が下りていない。時広も自信がないので、必然的にそうなるだろう。

それからすぐにエドワードは鞄ひとつでコテージを出た。もともと着の身着のままでベルリンのオフィスから駆けつけてくれたのだ。荷物はモバイルくらいしかない。来たときに着ていたスーツに替えたエドワードは、どこからどう見ても威厳のある会社経営者だった。

ラウリが迎えに来てくれて、エドワードが車に乗りこむ。時広は道まで見送りに出たが、アーサーはウッドデッキのロッキングチェアに座ったまま眺めていた。

「トキ、諦めずにアーサーを待っていてあげてくれ」

助手席の窓を開けてエドワードが小声で訴えてきた。

「今は混乱しているだけだ。落ち着けば君への態度をあらためるだろう。記憶が戻っても戻らなくても、あいつは君に優しくするはずだ。一人になりたいと言い出さなかったというのは、君にそばにいてほしいということだ」

「……はい」

本当にそうだろうか、と懐疑的になりながらも、時広は頷いた。

「だが、どうしても耐えられなくなったら、君は逃げていい。今回のことで、君には一切責任はない。日本に戻って、アーサーを忘れて、心穏やかに過ごしてくれてかまわない。いいね？」

「でも、それでは僕が見捨てたみたいで——」

「それでいい。君の犠牲のうえに、アーサーの人生があるべきではない。君には君の人生がある。耐え忍ぶあまりにトキの精神が壊れてしまってはいけない。壊れるまで我慢する必要はない。わかるね？」

わかるが、時広は頷けなかった。アーサーが望むならそばにいたい。望まないなら離れる。時広のすべての基準はアーサーだ。言葉にはしなくとも、時広のそんな悲壮な決意は伝わるのか、エドワードが困った奴だなといった苦笑を見せる。

「君に私の連絡先を渡していなかったな。なにかあったらいつでも電話してくれ。数日間はヘルシンキに滞在する予定で、その後はベルリンに戻る。私はだいたいベルリンかパリにいるが、時差なんか考えなくていい」

差し出された紙片には、携帯電話の番号らしき数字が書かれていた。

「じゃあ、また」

次に会うのはいつか不明だが、エドワードはそう言いながら笑顔で手を振った。ラウリが運転する車はゆっくりと走りだし、森の中の小道を走り去っていく。見えなくなるまでその場に立っていた時広だけれど、手の中のメモを羽織っていたパーカのポケットに突っこみ、コテージに戻った。

ウットデッキにいるアーサーと目が合う。栗色の瞳がまっすぐ見つめてきて、時広はどう反応していいかわからない。

「行っちゃったね」

事実を述べただけのつもりだったが、アーサーはふんと鼻で笑った。

「寂しいか?」

どう答えるのが正解かわからない。不正解だとまた苛立たせてしまう。時広が困惑の中で黙っていると、アーサーはロッキングチェアから立ち上がり、さっさとドアを開けて家の中に入ってしまった。

追いかけるように時広もリビングに戻り、ソファに座ったアーサーの横をできるだけ静かに通り過ぎる。エドワードが置いていったビジネス系の雑誌を読み始めたアーサーを横目で見ながら、キッチンで焼き菓子を作る準備をした。

まだ昼食の支度をするには早いが、ほかにすることがない。事故後はアーサーと森を散歩することもボート遊びをすることもなくなった。もちろんセックスもしていないから、時間が余る。時広は念入りに家事をするようになり、キッチンに立っている時間が長くなった。

焼き菓子は、たくさん作っても困ることはない。ハウキネン夫妻のところへ持っていけば、ヨウシアもいるから食べてくれる。

（そういえば、ヨウシアは元気かな……）

ずっと顔を見ていない。ここに来辛いのはわかるが、あれだけ頻繁に遊びに来てくれていたのに来なくなると寂しい。ココア生地にナッツを入れたパウンドケーキを作って、午後はご機嫌伺いに行こう、と決めた。エドワードを最寄り駅まで送っていったラウリは、たぶん夕刻まで戻ってこられない。ここから鉄道の駅がある街までは、少し距離がある。

キッチンスケールを取り出して、小麦粉を量る。大きめのボウルに粉を入れ、ベーキングパウダーを投入。砂糖も量って。あとは卵とバターを——と振り返ってびっくりした。そこにアーサーが立っていたからだ。

「なにを作るんだ？」

「パウンドケーキ……。ヨウシアに持っていこうと思って」

「そうか」

アーサーは頷いて、ボウルに入った小麦粉を見下ろした。

「あとはなにが必要だ？」

「え……と、卵とバターを……」

冷蔵庫を開けて、アーサーが卵とバターを出してくれた。バターを量り、室温程度まで温くするために電子レンジに入れた。アーサーが棚から泡立て器とゴムべらを取り出し、「これを使うだろう？」と聞いてくる。どうやら手伝ってくれるつもりらしい。

「あの、アーサー、エプロンをつけたほうがいいかもしれない」

菓子など作ったことがないはずだ。アーサーはもともと料理をあまりしない。時広と住むようになってから、簡単なものを少しずつ覚えるようになった。

今着ているのは、おそらく高級ブランドのサマーセーターだ。あとで洗濯が大変なことになりそうなので、時広はエドワードが使っていた無地のエプロンを渡した。アーサーは黙って受け取り、それを身につけた。

いったいどうした心境の変化だろうか。事故後はまったくキッチンに入らなかったのに、いきなり菓子作りを手伝ってくれるなんて。

「生地は型に入れるんだろう？　どこだ？」

「あっちの棚に。長方形の型を使うから。あった？　うん、それ」

「ナッツは？」

「麺棒《めんぼう》で砕いて、半分を生地に交ぜて、あと半分は上にのせる」

「わかった」

指示を出せばアーサーはちゃんと動いてくれた。パウンドの型にキッチンペーパーを敷き、そこに交ぜ終わった生地を流しこむ。表面に砕いたナッツをたっぷり散らした。

バターと小麦粉と砂糖だけが基本のパウンドケーキは簡単だ。メレンゲを作る必要がないので、材料を交ぜるだけ。それをオーブンで焼けば出来上がり。

甘い香りがキッチンからダイニング、リビングへと広がっていく。時広はいつになく気持ちが浮き立つのを感じていた。アーサーが一緒に菓子を作ってくれたのだ。それが嬉しい。

使った道具を洗って片付けているあいだに、ケーキは焼き上がる。熱々のケーキを冷ましているうちに、簡単に昼食を取った。パンに燻製肉《くんせいにく》とチーズを挟んだだけのサンドイッチだ。エドワードがいない、二人きりの事故後初めての食事だったが、共同作業のあとだからか、気詰まりな空気はまったくなかった。

その後、冷めたパウンドケーキを適当な厚みにスライスした。紙ナプキンで包み、手提げのカゴの底にそっと入れる。

「じゃあ、ちょっと行ってくるから」

「歩いて行くのか？」

「うん、散歩がてら」

「私も行こう」

えっ、と振り返った先で、アーサーが玄関ドアの鍵を手にしている。

「ちょうど私も散歩をしたいと思っていたところだ」

「あ、そう……」

連れだってコテージを出た。ハウキネン夫妻の家まで、道は一本だ。車一台分の幅しかない未舗装の道を、散歩とは呼べない早足でアーサーが歩く。その斜め後ろを、時広は懸命についていった。

アーサーが無言なので、なにか話したほうがいいのかと話題を探したが、なにも思い浮かばない。そのうち、話なんてしなくてもいいのではないかと思うようになった。

事故の前は、アーサーとよく森の中を散策した。もっとゆっくりとしたスピードで、話をするときもあったが黙って歩くことも多かった。今さら二人のあいだに話題なんてあってもなくてもよかったからだ。ただリラックスできる時間を共有して、森林浴を静かに楽しんだ。

やがて木々のあいだから赤い壁の家が見えてくる。ほとんど小走りになっていた時広は息を荒くしていた。それに気づいたアーサーが不審げに見下ろしてくる。

「どうした、具合でも悪いのか？」

「……なんでもない。大丈夫。ちょっと、アーサーとは脚の長さが違うから。あ、イーダだ」

家庭菜園がある庭に、イーダの姿があった。その横にはヨウシアがいる。時広に最初に気づいたのはイーダだった。手を振ってくるイーダに、時広も振り返す。

「トキ、私は帰る」

「そうなの？」

「ヨウシアはまだ私の顔を見ながらお茶なんか飲めないだろう。二時間後に迎えに来る」

それだけ言い、アーサーは踵《きびす》を返してしまった。時広は無理に引き留めず、去っていく背中を見つめる。素っ気ないけれど、ここまで一緒に来てくれたのは、アーサーの優しさだろう。

「トキ、来てくれたの」

ヨウシアが庭から駆け出してきて、飛びついてきた。最後に見たときは泣き顔だったから、子供らしい笑顔にホッとする。ずいぶん元気になったようだ。

「あっ、いい匂い。なにか持ってきてくれた？」

「パウンドケーキを焼いたんだ。みんなでお茶でも飲もうかと思って。ココア生地で、ナッツがたっぷり入っている」

「すごい。美味しそう！」

ヨウシアに手を引かれて、庭に入る。イーダが「いらっしゃい」と明るい笑顔で両手を広げてくれた。

「アーサーは？　そこまで来ていたわよね？」

「用事があって戻りました」

「……オレのこと、まだ怒ってるってわけじゃない？」

ヨウシアが悲しそうな顔で聞いてくるから、「怒ってなんかいない」と首を横に振った。

「最初からアーサーはヨウシアのことを怒っていないよ」

「ホント？」

「本当だ」

繋いだままの手をぎゅっと握り、微笑みかける。ヨウシアは「うん」と頷き、時広を家の中へと促してくれた。

それから二時間後、アーサーは言葉どおりにちゃんと迎えに来た。玄関先でヨウシアに「元気か」と話しかけ、「暇だから遊びに来てもいいぞ」とにこりともせずに誘いをかけていた。子供相手に愛想笑いができないところは、以前と変わりない。

（そうだ、アーサーはアーサーだ）

一年分の記憶をなくしていても、アーサーの根本的なところはなにも変わっていない。同じアーサーなのだ。物に当たったり態度が横柄だったりしたのは、エドワードが言っていたように、事故のせいで混乱し、気が立っていただけだったのだろう。

記憶はいつ戻るかわからないから、忘れられたことを嘆くのはもうやめたほうがいいとわかっていても、なかなかそうできなかった。でもいい加減、割り切らなければならない。

かつてのアーサーを懐かしがっていても、なにも生まれない。今のアーサーとあらたに信頼関係を作っていったほうがいい。

回復を諦めるわけではない。記憶が戻らないより戻ったほうが、アーサー本人だってエミーだって家族だって、嬉しいだろう。でも、いつ訪れるかわからない「その日」を、ただ無為に待つのは時間の無駄だ。過去ではなく、今を生きるために——。

「アーサー、迎えに来てくれてありがとう。帰ろうか」

笑いかけて森の中の道を歩き始める。アーサーは黙って肩を並べてきた。

もしかして、アーサーも時広と似たような心境に至ったから、こうして少しでも近づこうとしているのかもしれない。

時広はアーサーが歩幅を合わせて行きよりもゆっくり歩いてくれていることに気づき、不器用でありながら細やかな気遣いにそっと微笑んだ。

◇◇◇

「アーサー、コーヒーを淹れようかと思っているんだけど、飲む？」

薪ストーブの上に置いてあったヤカンを取り、時広が聞いてくれる。アーサーはソファから立ち上がり、「私も手伝おう」と一緒にキッチンへ入った。

マグカップやペーパーフィルターの用意をして、時広がコーヒーを淹れているあいだに冷蔵庫からミルクを出す。もう何度もやっているので、二人の連携に言葉は不要だ。自分はブラックのままで、時広はミルクを入れて、それぞれのマグカップを手にリビングのソファに戻る。

ストーブの中で薪が爆《は》ぜる音を聞きながら、静かにコーヒーを飲んだ。ふと、時広と目が合うと、柔らかく微笑んでくれる。安心をもたらす笑みだ。ずいぶんと自然に笑いかけてくれるようになった。

邪魔者と化していたエドワードがいなくなってすぐ、アーサーは行動を起こした。時広との距離を詰めるために、自分なりに精いっぱい、気を遣って時広のそばにいるようにした。いきなり近づいては警戒されるだろうかと危惧《きぐ》したが、なにも説明しなくてもアーサーの意図を察したのか、時広はそばにいることを許してくれた。

マグカップを両手で持ち、ゆっくりと味わうように飲んでいる時広を盗み見る。伏せた黒いまつ毛が意外と長いことに気づいたのはいつだっただろうか。手も足も、ずいぶんと小さくて、これで本当に二十九歳なのかと最初は——いや、事故後だから、ほんの十日前のことだ。年齢詐称でもしているのかと疑ったが、見せてもらったパスポートにはそう書かれていた。どうやら日本人の中でも小柄なほうらしい。

（トキのような弱々しい存在に乱暴を働く輩《やから》がいるとは、信じられん……）

時広が過去にストーカー被害に遭っていたことは、エミーに電話をして確認した。ずいぶんと時広の肩を持つような発言をしていたので、かなり親しくしていて、詳しい事情を知っているだろうと思ったからだ。ストーカー被害に遭ったのは事実だった。

しかしその後、どうしてストーカーの話を知っているのか、記憶が戻ったのかとエミーに聞かれ、手首にテーピングテープを巻いていたときの時広を思い出して問い詰めたと答えたら、ひどいスラングで罵倒《ばとう》された。

『よくも問い詰めるなんてことできましたね。両手首にそんなものを巻いていたら深い事情がありそうだとわかるでしょう！』

「事情がありそうだから聞いたんだ」

『トキは二度もストーカーに拉致監禁されたんです。彼の心の傷がどれほど深いか、想像してください。もう不用意にこの話題を出さないようにしてくださいよ』

「二度目に拉致監禁されたとき、私が助けたことは聞いた。そのとき私と行動を共にしていたという、トキの友人というのは？」

『それはダイチのことですね』

ダイチというのは東京支社の秘書室に勤務している時広の友人で、角野大智というらしい。

今はアーサーと入れ替わりに東京支社の支社長に就任したフランクの秘書、ハリーの恋人になっているとエミーは教えてくれた。

『あのときのボスの落ちこみ具合といったら、地の底まで穴を掘ってもぐりこみ、二度と出てこないかと心配するくらいでしたよ。ストーカーが収監されていないことを知っていたのに、トキを一人にしてしまったんですからね。ただ最悪の事態になっていなかったことは、トキにとって救いでした』

「最悪の事態とは?」

『未遂だったんです。二度も拉致監禁されたトキですが、どちらも救出が早く、レイプされていませんでした』

そこでアーサーは思わず安堵の息をついてしまった。無神論者であるにもかかわらず、神に感謝したくなる。

『でも、だからといってトキの心の傷が浅かったわけではありませんからね。トキは体格のいい男性に威嚇《いかく》されたり暴力的な空気を醸《かも》し出されたりするとトラウマが刺激されて、動悸《どうき》息切れ、さらに貧血状態になって眩暈《めまい》に襲われるそうです。決して、トキの前で声を荒げたり暴力を振るったりしないようにしてください』

もっと早く教えてほしかった……。

さんざん、苛立ち紛れにそういうことをしてしまったあとでは、もう二度とやらないと誓うことしかできない。時広の記憶を消すことはできないからだ。

『それで、今後の予定はどうするんですか？　仕事は期日どおりに再開しますよね？』

「それは当然だ。記憶が戻らなくても仕事はできる。この一年間の件に関しては、オフィスに戻りしだい、君に助力を仰ぐことになると思うが」

『それは任せてください』

エミーが頼もしい返事をしてくれる。だが――。

『それで、トキは……今後について言及していますか？』

彼女が本当に聞きたいのは、仕事のことではないようだ。

「トキに関しては、まだ決めかねている」

言葉を濁した。恋人関係に戻るかどうかすら、アーサーは答えが出せないでいる。

病院で目覚めたとき、時広が恋人だと知って愕然《がくぜん》とした。なんて貧相な東洋人だ、自分の好みから外れ過ぎていると落胆したのだ。この一年間になにがあったんだと、自分が信じられなくなったほどだ。

だがコテージで生活を共にするうちに、笑った顔が意外と可愛いだとか、体は小さいくせに心は広そうだとか、大人の分別はちゃんとあって常識人だとか、おまけに家事能力は高いだとか、時広の美点にいろいろと気づいた。

事故前の自分は、姿形の美醜ではなく、時広の内面を好きになってパートナーとして暮らしていこうとしていたのかもしれない。

『ボス、できればトキとともにＮＹに帰ってきてほしいと、私は思っています。トキにはボスしかいません。ボスにもトキしかいないんですよ』

「……セックスレスでもか？　それではトキが辛いだろう」

『そこは私が口を出す部分ではありません。でも本当にそうした対象として見ることができないんですか？』

「できない」

『本当に？』

「私の好みではない」

『今のところは、ではないですか？』

「今だけじゃなく、これからもずっとだ」

それに、あんな華奢な体、アーサーが欲望のままに扱ったら壊れてしまいそうだ。怖い。

「私にあたらしい恋人ができるまで同居人でいる、ということならできるだろうが……」

このまま記憶が戻らず、時広を愛せなければそうなるだろう。可能性は高いと思って口にしたのに、エミーが電話の向こうで爆笑した。

「なにがそんなにおかしいんだ？」

『あたらしい恋人って、本気で言っているんですか？』

「もちろん本気だ」

『そうですか。じゃあ、頑張ってあたらしい恋人を見つけてください』

「おい、その言い方はなんだ」

『だって、ボスがボスであるならば、いくら記憶を失っていたとしてもトキに惹かれないはずがありません』

断定されて、アーサーはカチンときた。まだ笑っているエミーに怒りが湧き、「また連絡する」と告げて通話を切った。

（惹かれないはずがないとは、何事だ）

あらかじめそう決定しているとでもいうのか。アーサーは運命なんて信じていない。

ただ、バカンスが終わったときに時広を一人で日本に帰すという選択は、間違っているような気がする。コテージでの生活はもう終わりが近い。もっと時広を知りたいと思う。知らなければ、今後を決められない。

エミーとの電話は得るものがなかった。もう仕事を再開するときまで話さなくていい。知りたいことがあったら、時広に直接聞くのが最良だろう。

「トキ、頼みがあるんだが」

顔を上げた時広が「なに？」と首を傾《かし》げる。そのしぐさがわりと――まあ、可愛い。

「私は今後のためにも、君のことをもっと知っておきたい。私の質問に答えてくれないだろうか？　もちろん、言いにくいこと、言いたくないことは拒否してくれてかまわない」

　時広はしばし逡巡《しゅんじゅん》したあと、「わかった」と頷いた。素直で純朴な生徒のように、体ごとアーサーの方を向いてくれる。

「なにか聞きたいことがあるの？」

「まず、君の家族構成は？」

「家族はいない」

　あまりにあっさりと、なんでもないことのように答えられて、アーサーは聞き間違えたのかと思った。

「いない？」

「僕は子供のころに両親を亡くしていて、祖母に育てられた。その祖母も僕が大学を卒業して高校教師になったあとに、亡くなった。兄弟はいなくて、近しい親戚との付きあいもなかったから、僕は一人だ。日本にある実家は、もともと祖父が建てた家で、今は誰も住んでいない。僕がアーサーについてNYに行くと決めたとき、友人の大智が管理を引き受けてくれた。ときどき風を通すために行ってくれているみたい」

　静かな口調で語る時広は、すでに孤独を自分の中で消化している。兄妹と親族に囲まれて育ったアーサーには、正直想像できない境遇だ。

　きっと、その祖母は心優しくて愛情深い人だったのだろう。時広は人の痛みがわかる大人になり、誰にでも優しく接することができる。

「僕は大学を卒業したあと、私立の高校に英語教師として就職した。充実した日々だったよ。あとで自覚したんだけど、僕は教師に向いていたみたい。何事もなければ、たぶん、僕はそのまま教師を続けていたと思う」

「何事も……？　ああ、ストーカーか？」

エミーに罵倒されたことが頭を過《よぎ》り、アーサーは気を遣って小声になった。時広は小さく頷き、視線をわずかに落とす。

「僕は自分がゲイだってことをカミングアウトしていなかった。けれど同僚の男性教師に気づかれて、交際を迫られて、断ったらつきまとわれるようになって……最悪の事態になった」

時広の顔色が悪くなったように見えて、アーサーは話を遮った。

「言いたくないなら、言わなくていい」

「大丈夫、僕はもう乗り越えたんだ。大智やアーサーが支えてくれたから」

精いっぱいの笑顔を作る時広が健気《けなげ》で、衝動的に抱きしめたくなる。だがアーサーはソファのアームをぎゅっと握ることでやり過ごした。やり過ごしながら、（なぜこんな衝動が？）と疑問が湧いた。

時広を恋人にしていた期間の記憶はまだカケラも戻ってきていないし、今彼を恋愛対象として見られていないのに、いきなり抱きしめたいと思うなんておかしい。

そこに至るまでのいくつものステップを、すべてひとっ飛びするなんて、過去の自分ではあり得ないことだった。

「その、私たちは、どんなふうにして恋人になったんだ？　私は君になにをした？」

愚かな質問だ。自分で口にしながら、アーサーは赤面しそうになる。初めて好意を抱いた男性にアプローチしたときですら、こんな無様なセリフは使わなかっただろう。

「どんなふう……って……」

当然、時広は困惑して頬を赤く染める。恥じらった様子でもじもじしている姿を見ていると、なにやら尻のあたりが落ち着かなくなった。無意識のうちに手が伸びそうになり、ハッとして慌てて引っこめる。

「最初は同情だったんじゃないかなって、思う。僕が天涯孤独であることとか、ストーカー被害に遭ったこととか、僕のプライベートの事情を知ってからすごく優しくしてくれて。僕は最初からアーサーを素敵な人だなって思っていたから――」

「私のことを素敵な人だと思っていたのか。最初から」

「それはだって、もちろん」

はっきりと頷かれ、アーサーは視界が明るく晴れていくようだった。もちろん、というワードにエコーがかかって聞こえる。

「そうか、私のことを最初から……。つまり、君が過去に付きあった誰よりも、私に惹かれたということか？」

「誰よりも、なんてそんな」

「ん？　では二番目くらい？　まあ、人は誰も初恋は忘れられないというから――」

「僕の初恋はアーサーだよ」

「えっ……」

まじまじと見つめてしまったら、時広が耳まで真っ赤になった。そしてちょっと拗《す》ねたように口を尖らせて、衝撃的なことを言った。

「僕にとって、アーサーは初めての恋人だよ。一年前、アーサーとそういう関係になるまで、僕は誰とも付きあったことがなくて、その、童貞だったんだ……」

「えっ、えっ？　だって君、二十九歳だろう？　去年は二十八歳……。それまで経験がなかったのか？　本当に？　私が最初の男だったのか？　私に抱かれるまで誰とも？」

あまりにも驚いてしまったので、アーサーはしつこく繰り返した。すると時広が怒った顔になる。

「そうだよ、キスすらしたことがなくて全部アーサーが初めてだったんだ。何度も言うな。奥手なゲイがいて悪いか！」

勢い良く立ち上がると、マグカップを持ってキッチンへ行ってしまう。カウンターの向こう側でカップを洗っている様子を呆然と眺めた。時広はムッとした顔のまま、「今日の話はこれでおしまい」とでも言いたげな横顔を見せつつ、リビングを出ていってしまう。

階段を上がっていく足音を聞きながら、アーサーはどうしても顔がにやけてきて止まらなかった。

「……そうか……私が初めての男なのか……」

交際相手の処女性など気にしたことはなかった。だが、時広が他の男を知らないと聞き、異常なまでの高揚感と多幸感に包まれた。我ながら驚きだ。

そもそも、未経験の相手とセックスしたことがなかったはず。つまり、アーサーにとっても時広はある意味初めての相手だったというわけだ。

『トキはボスが今まで付きあってきた男性たちとはタイプが違います』

エミーの言葉が蘇ってくる。確かに、時広は違う。

『ぱっと見は地味かもしれませんが、親しくなっていくうちに性格の良さが理解できていくタイプなんです』

そのとおりだった。

『ボスが真綿でくるむように大切にしていた恋人です』

大切にしていた恋人――。

事故の前、本当に自分はあの小柄な日本人を心から愛し、優しくしていたのだろう。

一年前、東京で出会い、恋に落ちた。弱みを握られたわけでもなく、脅されて言いなりになったわけでもなく、アーサーは純粋に時広を愛し、ＮＹに連れていったのだ。

（私は、彼をどんなふうに愛しく想っていたんだろうか。そして彼はどんなふうに私を……）

このときアーサーは心の底から、失った記憶を取り戻したいと思った。

時広と紡いだ日々を、思い出したい。どんなふうに距離を縮めて、どんなふうに心を寄り添いあって、どんなふうに暮らしていたのか、知りたかった。

ゆっくりと立ち上がり、自分のマグカップを洗う。静かな二階が気になった。まだ夕食の時間には間があるから自由に過ごしてくれていいのだが――。

「とりあえず、謝ろうかな」

不躾過ぎる質問と言葉の数々を謝っておこうか、とアーサーは階段を上がった。だが時広の部屋の前に立つと、謝罪というのは彼の部屋に入る口実で、自分の真の目的は別ではないのかと思い始めて逡巡する。

事故のあとから時広とは寝室を別にしている。こちらのツインルームに足を踏み入れたことはない。いつも時広はとても静かにしていて、隣の部屋にいるのかいないのかわからないくらいだったから、気にしたことがなかった。

ドアをノックしようかどうしようか迷っていたら、そのドアが細く開いた。時広が片目だけ覗かせ、棒立ちになっているアーサーを見てびっくりしている。

「どうしたの、アーサー」

「いや、その……君はなに？」

「僕は、足音が聞こえてきてアーサーが二階に上がったのはわかったけど、ここで足音が止まったからどうしたのかなと思って開けてみただけ」

なにか用？　と小首を傾げられ、またもや「ちょっと可愛い」と思ってしまう。さっきからおかしい。脇の下に動揺の汗が滲むのを感じた。

「トキに、謝罪をしたくて」

「謝罪？」

「さっきの失礼な言動についてだ」

赤みが引いていた時広の白い頬が、またもやうっすらと血の色になってくる。

「謝罪なんて、いらない。全部本当のことだから、別に、そんな……」

またもや時広はもじもじする。アーサーは心の中で「オーマイガー」と天を仰いだ。恥ずかしそうにしている時広がアーサーのどこかを刺激しまくるのだ。体中がむずむずして、なにかの発作のように、叫び出したくなる。

「あ、あの、トキ」

「謝らなくていいよ」

「いや、その、抱、抱きしめても、いいだろうか」

きょとんとした黒い瞳に見上げられ、アーサーはどっと背中に汗をかいた。

いきなりなに言っているんだ、私は――っ。と、頭を抱えたくなる。

「すまない、唐突すぎるな。聞かなかったことにしてくれ」

「いいよ」

踵を返そうとしたアーサーのサマーセーターの裾を、時広の細い指が摘まんだ。たいした力で引き留められたわけではないのに、アーサーの体は引き寄せられるように時広に近づき、気がついたときにはその華奢な体を両腕で包むようにして抱きしめていた。

（うわ、なんだこれは）

あまりにもしっくりくる抱き心地に驚愕する。ついで、時広の両手がアーサーの背中に回されて心臓が跳ねた。ぎゅうっと時広がしがみついてくる。胸に押しつけられた黒い頭に唇を寄せ、ごく自然に匂いを嗅いでいた。

（ああ、私はこれをよく知っている……）

今まで感じたことがないほどの愛しさが胸に満ちてきた。胸の中の時広がごそごそと動き、アーサーを切ない目で見上げてくる。なにも言わないが、黒い瞳は雄弁だった。愛している、と訴えている目だ。全身の血が、一気に沸騰したのかと錯覚するほど、熱くなった。

「アーサー……」

甘く掠れた声で名前を呼ばれ、その小さな唇から目が離せなくなってしまう。なにかに操られるようにして、くちづけていた。時広がすぐさま唇を開いて舌で誘ってくる。舌先が触れた瞬間、電流のような快感が背筋を走り抜けた。頭が真っ白になり、理性はどこかへいった。

貪るように時広の薄い舌を吸う。吸って、舐めて、歯を立てて、また吸った。歯列をなぞり、上顎をくすぐるように舐め、反応して震えた時広の背中をきつく抱きしめる。

「うっ……」

股間に直接刺激を感じ、慌てて時広を離した。なんと、いつのまにかエレクトしていたアーサーの股間を、時広が服の上から撫でたのだ。瞳を潤ませ、唇を唾液で光らせながら、時広がアーサーの腕を引く。

「こっち」

彼がなにをしようとしているのかなんとなくわかっていながら、アーサーは逆らうことなくふらふらと部屋に入った。背後でドアが閉じる。

「座って」

眼鏡を外してサイドチェストに置いた時広が、きれいに整えられたベッドに座るよう促してくる。そのとおりにすると、両脚を広げさせられた。彼はそのあいだに膝をつき、内側から盛り上がっているアーサーの股間を解放する。くちづけだけで膨張したアーサーの性器を、時広はうっとりと蕩けた目で見つめた。

眼鏡を外すと、時広の黒い瞳は意外と大きい。あれほど子供っぽいと思っていた時広の顔が、大人の色気に満ちていた。

「ずっと、していなかったからね……」

根元に手を添えて、「楽に、してあげる。じっとしていて」と囁いた。

時広が赤黒く腫れた性器の先端に、愛しそうにキスをする。

「あんまり、上手じゃないけど、頑張るから」

小さな口をいっぱいに広げ、亀頭をくわえこんだ。

蕩けるような快感に包まれ、アーサーは官能のため息をついた。長い性器のすべてをくわえられず、時広は先端を重点的にしゃぶっている。幹の部分は両手を駆使して、絶えず刺激してくれていた。

確かに、そんなに技巧的ではない。もっと巧みにフェラチオされたことなど山ほどある。けれど、頑張ると言ったとおり、時広は懸命に舌と唇を使って愛撫してくれていた。その健気さが胸に迫る。

艶やかな黒髪に覆われた頭に両手を置き、見た目よりもずっと柔らかくて触り心地が良い黒髪に指を絡めた。

時広に対してその気になれないと思っていた自分はバカだった。ただの欲求不満で簡単にエレクトするほど、アーサーはもう若くない。時広は充分に魅力的な男性で、献身的で、アーサーを愛してくれている。

（ああ、そうだ……）

時広の拙い舌使いに、なんとなく覚えがある。それに、アーサーが感じるところを的確に刺激してくるのは、フェラチオのやり方を一から教えたのが自分だからだ。

潤んだ瞳でちらりと見上げて「気持ちいい？」と問いかけてくる時広が猛烈に愛しいのは、きっと気のせいではない。

くちづけたい。もう一度、彼のあの薄い舌に噛みつきたい。

頑張ってくれているのはわかるが、達するにはなにかが足らなくてもどかしくなってきたアーサーは、時広の頭を股間から離した。

「やっぱり、下手だった？」

「いや、そうでもなかったが……」

ここで正直に下手だったと言ってはいけない判断力くらいある。

「キスをしてくれ」

時広の華奢な体をベッドに引き上げ、肩を抱き寄せる。くちづけながら時広にペニスを扱《しご》いてもらった。ひらひらと舞う薄い舌を捕まえて絡め、さっきしたように甘く歯を立てる。腕の中の時広がびくびくと震え、無意識のうちに手に力が入ったのか、ペニスをきゅっと握られた。

そこで射精感がピークに達し、アーサーは欲望を解放した。彼は最後の一滴まで搾り取るように扱いてくれ、快感の余韻に浸る。

頰を上気させた時広が、そろりと立ち上がった。手で受け止めた体液をティッシュで拭き、なにも言わずにバスルームに行こうとするから、アーサーは引き留めた。

「自分で処理するつもりか？」

時広の股間も、はっきりと盛り上がっていた。アーサーに愛撫しながら体を熱くさせていたのだ。最中から気づいていた。

「私がしてあげよう」

「え、だって……」

「お返しだ」

一方的にしてもらってばかりでは申し訳ない、というのは建前だ。アーサーはただ単に、時広のそこを見てみたかった。きっとこの一年間、さんざん見てきた場所だろうが、今のアーサーの記憶にはない。

「あの、無理にしてくれなくてもいいから」

「無理じゃない」

ベッドに押し倒し、逃げないように上にのし掛かる。時広は本気で抵抗していないから、容易《た》易《やす》かった。華奢な体を組み敷けば、なにやら凶暴な衝動が湧いてくる。そしてやはり、どこか覚えがある光景と感触だった。

「でもあの、本当に、してくれなくていいから、離してほしい」

「……そんなに、今の私には触れられたくないのか？」

「違う、そうじゃなくて――」

時広は視線を泳がせて躊躇った後、「みっともないから、見られたくない」と小声で拒んでいる理由を告げてくれた。

「みっともない？」

短小だとか包茎だとか、そういう身体的な特徴についてのコンプレックスがあるのだろうか。元から、この体格で馬並みの性器がついているなんて思っていない。だが本人にとっては、ものすごく重要なことである場合が多いのはわかる。

「しかし、以前の私とはセックスしていたのだろう？」

「あの、えーと、実はその……アンダーヘアが中途半端な状態になっていて……」

「アンダーヘアが、なんだって？」

「……生えかけの状態で……」

つまり、いつもは処理していたのに数日手入れしていなくて、生えかけになっている、ということか。

「そんなこと、たいした問題ではない」

「でも十円ハゲが浮かび上がってきちゃって」

「は？」

意味がわからない。これは説明してもらったほうがいいだろうと、アーサーは体を起こした。

時広も上体を起こし、ベッドの上で向かいあう。そこで時広は、アンダーヘアに十円ハゲができた経緯をザッと話してくれた。

「それで、僕は大智のアドバイスを受けて、全部剃ってしまったんだ。そうしたらアーサーが見たかったってすごく残念がって」

「…………」

言葉がない。事故前の自分は、頭がおかしかったようだ。

「でもなぜか、アーサーは無毛状態の僕が気に入ってしまって、それから毎晩、バスルームで剃ってくれるようになって」

「待て、ちょっと待て。私が君の股間を剃っていたのか？　毎晩？」

こくり、と時広が頷く。真っ赤な顔で。

絶句しているアーサーに、時広は「変な話を聞かせてごめんなさい」と謝ってきた。

「いや、いやいや、君が謝ることはない。すべて私がしたことだ。にわかには信じられないが、君がこんなことで嘘をついても仕方がない。本当のことだと受け止める。それで今、君の股間は、事故のあとから剃られていないので中途半端に伸びてきている、というわけなんだな？」

「だから、見られたくない。もう治まったからいいよ」

確かに時広の股間は鎮まってしまっていた。

（したかったのに……）

ものすごく残念だ。アーサーは時広のそこがどんな形状をしているのか見たかったたし、どんな反応をするのか知りたかった。事故前の自分に嫉妬を感じているのかもしれない。時広のすべてを知っている自分に。

「見るだけ、見せてくれないか?」

「えっ……」

「事故前の私は、トキの十円ハゲを見ていないのだろう? 今ヘアが伸びて浮き上がってきているのなら、チャンスだ。見てみたい」

不毛だと思うが、たとえささいなことでも事故前の自分に勝ちたかった。

繰り返し、何度も何度もしつこく頼んだら、時広は渋々ながらもズボンを脱いでくれた。体にぴったりするタイプの下着を穿《は》いている。股間の膨らみは、お世辞にも大きいとは言えない。ゆっくりと下ろされていく下着をじっと目で追い、アーサーはついにそこを見ることができた。確かにアンダーヘアは中途半端な生え方になっている。

性器は小さいが、大人の形状をしていた。今までアーサーが寝てきた男たちとは、違う生き物の、違う器官のようだ。花のつぼみのような性器に男臭さは皆無で、精力も感じられない。それなのに目が離せない。

(これが本当にエレクトするのか? どんなふうに変わるんだ?)

触れていいか尋ねることも忘れて、アーサーは時広の性器を摘まんだ。そしてまだらに生え

ているヘアのあたりをざらりと撫でる。

（このあたりがハゲなのかな？　円形に、つるりとなにも生えていない部分がある）

ヘアは髪と同じく黒い。肌が白いから、よく目立った。

「ここが十円ハゲなんだな？」

「……うん」

事故前の自分は見ることができなかったものだ。そこをじっと見つめながら、優越感にしばし浸る。

「あ、あの、アーサー……もういい？」

「ん？」

両手をぎゅっと握りしめ、顔だけでなく耳も首も真っ赤にした時広がぷるぷると震えている。

「そこから、手を離してもらえないかな」

よく見ると、アーサーが摘まんでいる性器が芯を持ち始めていた。上下に扱いてみたら、もっと硬度を増した。いったんは萎えたが、直接的な刺激を与えられて、さすがに反応してしまったようだ。アーサーが待望する状態になってきたのだから、離すはずがない。

「やだ、アーサー、しないで」

逃れようとする時広をベッドに押し倒し、あらためてのし掛かった。逃がしてなるものか、という獣じみた衝動が湧いている。上半身を抱きしめて、片脚を搦《から》め捕《と》って動けないようにした。「やだ」と半泣きでもがく時広にかまわず、勃起した性器を嬲《なぶ》り続けた。

「あ、あ、あ……」

切なく顔を歪める時広が可愛い。たまらなくなり噛みつくようにくちづけた。喘ぎ声をすべて奪い取る勢いで、口腔内を舌で蹂躙《じゅうりん》する。ぴちぴちと体の下で時広が跳ねた。

「あ、んーっ！」

びくびくと腰を震わせて、時広が達した。白い腹に白濁が散る。性器の先端からたらたらと残滓《ざんし》が零れ落ちるさまを、アーサーは食い入るように凝視した。

くったりと脱力した時広をしばらく抱きしめる。汗をかいた白い額にかかる前髪を、指先でかき上げた。そこにキスを落とす。一度したら止まらなくなって、額にまんべんなくキスをし、ついで鼻、こめかみ、頬、唇、顎と、顔全体に唇を押し当てた。

「アーサー……」

時広がふにゃりと微笑む。小さな頭を抱きかかえるようにして、アーサーは目を閉じた。

明確に「抱きたい」という欲望を感じた。

今セックスを求めたら、時広はたぶん拒まないだろう。けれど、それでいいのかどうか、わからない。二人の出会いも一年間の暮らしも、なにも覚えていないアーサーに抱かれて、時広は傷つかないだろうか。

思い出したい。すべてを取り戻したい――。

いつになったら思い出せるのだろうか。どうすれば記憶は戻ってくるのだろうか。時広との愛の日々を、忘れたままでいるのは嫌だった。

「トキ……」

小さな頭を抱きしめて、黒髪に頬を寄せる。

思い出したい、思い出したい、思い出したい。

唐突に、ズキンと頭のどこかに痛みを覚えた。

「……っ!」

すぐにそれはズキズキとした連続の痛みになる。ベッドに横になっているのに眩暈がして世界がぐるぐる回っているように感じた。

「う……っ」

「アーサー？　どうしたの？」

異変に気づき、時広が顔を覗きこんでくる。両手で頭を抱え、アーサーはつぎつぎと襲いかかってくる猛烈な痛みに苦悶《くもん》の呻きを上げた。

「アーサー、アーサー!」

「痛い……あたま……」

「頭が痛いの？」

時広の声が遠くにしか聞こえない。

「アーサー、しっかりして！」

気が遠くなりそうな激痛の中、アーサーは時広の声だけが頼りだった。

◇◇◇

いきなり苦悶の呻き声を上げ始めたアーサーに驚いたが、時広はまず服の乱れを直し、ベッドサイドに置きっぱなしになっている携帯電話を手に取った。

「救急車……いや、まず病院に電話して聞いてみよう」

この頭痛が事故と無関係とは思えない。時広は登録してあった電話番号を探し出し、入院治療をしてもらった病院に電話した。呼吸困難、意識障害などがなければ、救急車を呼ばず直接病院に連れてきてほしいと言われる。

「病院……遠いよ、自信ない……」

長距離運転はやはり怖い。ラウリに頼もう、と電話をかけた。けれど十回以上も呼び出し音を鳴らしたが出ない。どこかに置きっぱなしで携帯していない可能性がある。

「アーサー、聞こえる？　とりあえず病院に行こう。僕は運転に自信がないからラウリに頼むことにする。電話に出ないけど家まで行ってみよう」

　頷いたアーサーに肩を貸し、なんとか歩かせて部屋を出る。時間をかけて階段を下り、外に停めた車に乗ることができた。後部座席に長身を横たわらせ、毛布をかける。それだけで時広は汗びっしょりだ。アーサーの発作的な激しい頭痛はひとまず治まったようで、眉間に皺を寄せて時折低く呻くぐらいになっている。

　エンジンをかけ、細い道をなんとか走っていく。具合の悪いアーサーを気遣って、のろのろ運転だ。ハウキネン夫妻の家の前にそっと停車し、時広だけが降りた。

「アーサー、待ってて。ラウリとイーダに事情を説明してくる」

　ラウリは電話に出なかったが車がある。家の中にいるだろう。

「あれ?」

　薪が積まれた小屋の裏側に、見知らぬ車が停まっているのを見つけた。かなり古いタイプのライトバンで、中に人影はない。客が来ているのかもしれない。それで電話に出られなかったのかも、と時広はあたりをつけた。

　今訪問したら邪魔をしてしまうだろうが、非常事態だ。あとで土下座でもなんでもして謝罪するからごめんなさい、と心の中で謝りながら玄関ドアをノックする。

「ラウリ、トキです。急なんですが頼みたいことがあって」

　返事がない。しかも室内で人が動く気配がしない。時広はまたノックした。車があるのだからラウリはいるはず。イーダがヨウシアを連れて散歩に行った可能性はあるが、三人全員で家を留守にしたことはなかった。その場合には時広たちに一言あっただろう。

「ラウリ、イーダ、トキです。ヨウシア、いないの？　急用なんです」

ノックを繰り返した。いつもならこんなことはしない。返事がなければ、在宅がわかっていても昼寝の最中かな、とか手が離せない作業中なのかなと思って退散する。

だが今日は引き下がれない。

「ラウリ、ラウリ！」

もうほとんど玄関ドアを殴る勢いで叩いた。車に残してきたアーサーが心配だった。これだけ騒いでいるのに家の中は静かだ。本当に留守なのだろうか。車があるのに。この家にもウッドデッキがある。そっちに回って窓から中を覗きこもうかと考えた。夫妻は高齢だ。もしかしたら具合を悪くして寝込んでいるのかもしれない。最悪、倒れていたらいけない。ヨウシア一人で対応できず、困っていたとしたら。

でも窓から覗くなんて失礼な行為だ。どうしようか決めかねていたら、キイ、と細い音をたててドアが開いた。

「トキ」

イーダが顔を出した。しっかり立っているが、顔色が悪いように思える。けれど光の加減でそう見えているだけかもしれない。

「イーダ、ごめんなさい、うるさくして。具合でも悪い？」

「……いいえ」

なんだか様子がおかしいと思ったが、時広は気が急いていた。

「あの、ラウリはいる？　頼みたいことがあるんだ」

「……中に、入ってくれる？」

うん、と頷くと同時にイーダに腕を引っ張られて中に入る。最初に目に入ったのは、床に倒れているラウリだった。

「ラウリ！」

驚いて駆け寄り、顔を覗きこむ。そこでギョッとした。ラウリは口に粘着テープを貼られていた。目が合ったので意識はしっかりしているようだ。両手は後ろに回され、粘着テープでぐるぐる巻きにされている。両足も同様だ。

「なにがあったの？」

慌ててイーダを振り返ったら、知らない男が二人、彼女を挟むように立っていた。二人ともライフル銃を構え、一人はイーダに、もう一人は時広に銃口を向けている。これが冗談でもなんでもないことは、イーダの引きつった表情でわかった。

強盗だ。

二人の男は二十代にも四十代にも見えた。薄汚れた迷彩柄のコートを着ている。一人はニット帽を被り、もう一人はなにかのマークが刺繍《ししゅう》されたキャップ。二人ともわざとなのか髭《ひげ》を生やしていて、人相がはっきりしない。ただ怯えた目をしている、と思った。後先考えずに、ただ金目のものを盗むつもりならば、ラウリとイーダはとうに撃ち殺されていただろう。

キャップの男がイーダになにかを命じた。英語ではない。時広には意味がわからなかったが、イーダが理解できているということは、フィンランド語なのだろう。

「ごめんなさい、トキ。巻きこんでしまって」

半泣きになりながら、イーダが時広の手足を粘着テープで拘束する。そのあとニット帽の男がイーダの手足を、同じようにぐるぐる巻きにした。三人はまとめてリビングの床に転がされる。

ただし口を塞がれたのはラウリと時広だけだ。理由はすぐにわかった。男たちがイーダに家の中のことを聞いている。イーダが答えると、キャップの男が戸棚や床下収納を開け始めた。物色している。

ヨウシアの姿がないのは、強盗たちに見つかっていないからか。

異変を察知して警察に通報してくれればいいが、携帯電話を持たずに外へ遊びに行ったのならそれは無理だ。できるならどこか安全なところに隠れて、彼らに見つからないでいてほしい。

そのうち強盗の二人が口喧嘩を始めた。ライフル銃を持ちながら語気を荒げる二人を、時広たちは恐怖の目で見ていることしかできなかった。

時広がハウキネン夫妻の家に入ったまま出てこない。事情を話し、ラウリが外出の支度をして出てくるのに、そんなに時間がかかるとは思えない。

アーサーは上体を起こし、車の中から家の様子を窺った。酷い頭痛はいったん治まっている。くらくらするが、シートに座っていることくらいはできた。もうしばらく待って誰も家から出てこなかったら時広を呼びに行き、病院に行くのは明日にしようと提案することを決めた。すぐラウリが出てこないのは、きっと今日は出かけられないからだろう。見覚えのない車が停まっていることから、来客があったのだ。

するとコツコツと車体が小さく叩かれた音が聞こえた。

周囲を見渡したがなにもない。ボディに鳥でも止まって突いたのかなと想像していたら、またコツコツと叩かれた。そのあとすぐ、アーサーが座っている側のドアが外側からゆっくりと開けられた。

「ヨウシア？」

顔を覗かせたのは少年だった。顔色を失くしたヨウシアは腰を屈《かが》め、アーサーの足元から「助けて」と訴えてくる。

「なにを？」

「家の中に、たぶん、強盗がいる」

「なんだって？」

アーサーは赤い壁の家を振り返り、来客中にしては異様に静まりかえっている違和感の正体を初めて知った。

「あの車は強盗のものか？」

「たぶん……」

涙ぐみ始めたヨウシアを車中に引き入れ、家の窓から見られないように身を屈めて話を聞いた。強盗が来たとき、ヨウシアは家の外にいたらしい。

「オレ、お祖母ちゃんとの約束をちゃんとしないで携帯電話でゲームしてたら、お祖父ちゃんに叱られて……。ここにいるあいだ、勉強はしなくていいから、一日に一時間は本を読めって言われてたんだ。でも面倒で、ゲームしてた。いいところだったし、なかなか終われなくて。それですごく怒られて、家を飛び出したんだ。森の中をしばらくぶらぶらしていたんだけど戻ってきて、ちょっと寒いなと思ったけど家の中には入れなくて、お祖父ちゃんの車にロックがかかっていなかったから、その中で昼寝していたんだ。そうしたら――」

「強盗が来たのか」

うん、とヨウシアが頷く。

「強盗は何人だ？　なにか武器を持っていたか？」

「男が二人。二人ともライフル銃を持ってた」

時広やハウキネン夫妻が血まみれになって倒れている場面が一瞬で想像でき、アーサーはゾッとした。

「一度でも銃声を聞いたか？」

「聞いていない」

ではまだ一度も発砲されていないのだろう。

そういえば、別荘を荒らす泥棒が出没しているとラウリから聞いたような気がする。護身用の銃を調達したほうがいいかどうか、自分は考えなかっただろうか。

（え？　話を聞いたのはいつだ？）

ラウリは猟銃を車に積んでいると言っていたような気がする。それがいつだったのか、はっきり思い出せない。

「ねえ、アーサー、どうしよう」

ヨウシアに腕を揺すられて、ハッと我に返る。

「通報はしていないのか？」

「携帯は家の中だよ」

アーサーは自分の携帯電話を持ち出してきていない。前部の座席を見ると、時広のものらしい携帯電話が助手席にあるのを見つけた。それを拾い、ヨウシアに渡す。

「これで通報しろ」

「オレが？」

「私は家の中の様子を見てくる」

車から降りようとするアーサーを、ヨウシアが悲愴《ひそう》な表情で引き留めてきた。

「危ないよ！」

「危ないだろうな。だがトキが心配だ。ヨウシアはここでじっとして、動かないように」

「アーサー！」

振り切って、アーサーは車を降りた。そしてラウリの車へ駆け寄る。ヨウシアが言ったようにドアのロックはかかっておらず、すんなりと開いた。いったん中に入り、ほとんど荷物置場になっている後部座席を探る。

「あった」

猟銃だ。野生動物を仕留めるための実用的な散弾銃だが、弾丸は装填されていなかった。実弾はおそらく別に保管しているのだろう。少し探したが見つからない。

「仕方がないな。まあ、持っているだけで脅しにはなるか」

基本的な使い方はわかるが、そもそもアーサーは散弾銃など撃ったことがない。素人による実弾の射撃は危険過ぎるから、中が空でよかったのかもしれない。

長い銃身を肩に担ぐようにしてラウリの車から出た。

「こんなことが起こると知っていたら、射撃訓練をしたのに」

アーサーの両親は子供たちに積極的に射撃訓練を受けさせなかった。アーサーたちも望まなかった。クラスメイトの中には休日になると親子で訓練場に通う射撃好きの子供もいたが、アメリカの家庭がすべてそうではない。

欧州を拠点にしているエドワードは、自衛のため常にボディガードを雇っていると聞いている。さすがにフィンランドには連れてこなかったようだが。

アーサーは玄関ドアではなく、ウッドデッキに上がった。窓から中の様子を見るためだ。窓のカーテンは閉められていない。強盗犯たちは周囲に人気《ひとけ》はないと思いこんでいるようだ。

足音を殺し、這《は》うようにして窓に近づく。窓の下にぴたりと張りつき、耳をそばだてる。かすかに人の話し声が聞こえたが、内容まではわからない。

そっと首を伸ばして、一瞬だけ室内を見た。目に焼き付けた光景を、ゆっくりと精査する。

ソファなどの家具の間から、床に座らされているイーダが見えた。その横に時広、そして少し離れたところにライフル銃を手にした二人の男が立っている。見えなかったが、おそらくラウリも時広たちと一緒に床に座らされている可能性が高い。

時広の全身は見えなかったが、口に粘着テープが貼られていた。イーダが後ろ手に拘束されていたようだったので、たぶん時広も同様に、動けないようにされているに違いない。

（トキの口に粘着テープ……）

怒りがふつふつと湧いてくる。ほんの一時間前、アーサーが吸って舐めた時広の唇は、柔らかくて頼りなげで、囓《かじ》って食べてしまいたいくらいに愛らしい感触がした。それをあんなふうに蹂躙するなんて、許せない。

だが具合が悪そうには見えなかった。イーダも、どこかをケガしている様子はない。その点は良かった。

もし時広の体にほんのわずかでも傷をつけていたら、強盗犯たちをただでは許さない。正当防衛に見せかけて撃ち殺すチャンスがあったとしたら、アーサーは見逃さないだろう。

（私が一年かけて愛し、磨いてきたトキの体だ。髪の毛一本まで私のものだ。誰にも傷つけさせたくない）

一年かけて愛し――。

（……え……？）

なにかがひっかかったが、アーサーはそんなことより、と目の前の困難に向き合う。

時広を助けるのだ。

体は無事でも、恐怖を覚えて心に傷を負っているに違いない。時広はストーカーに拉致監禁された過去がある。あのときのことを思い出すと、助け出したアーサーでさえ怒りと恐怖に震えるほどだ。

あのとき大智は泣いていた。アーサーだって泣きたかった。ストーカーがいつまた時広を狙うかわからない状況だったのに、みすみす一人にしてしまったのは、明らかにアーサーのミスだった。初めての恋に動揺し、冷静ではなかったのだ。

今度も助ける。なにがなんでも、助け出す。

しかし、これからどうすればいい。自分は特殊な訓練を受けているわけでもないし、手にしている散弾銃には実弾がこめられていない。

(そうだ、強盗犯の車)

あの車のドアはロックされているだろうか。

映画やドラマで得た知識しかないが、犯罪者はすぐに逃げられるようにエンジンをかけっぱなしにする場合が多いという。エンジンはかかっていなかったが、ロックされていないかもしれない。もしロックされていなければ中に入れる。クラクションを鳴らしたらどうなるだろう。不審に思って家から出てこないだろうか。

まず囚われている時広たちから強盗犯を離したい。彼らが持つライフル銃がいつ火を噴くか、想像しただけで背筋が凍る。

(よし、やってみよう)

かなり無謀なことを試してみようとしている自覚はあったが、いてもたってもいられなかった。時広を助け出したい一念で、ウッドデッキからそっと庭に下りる。

そのときだった。

バーン！　と、破裂音があたりに響いた。

振り返った家の窓に、さっきはなかった血飛沫《ちしぶき》が散っている。

「トキ！」

アーサーは散弾銃を放り投げ、ウッドデッキを駆け抜ける。ドアを開けて中に飛びこんだ。

そこにはニット帽を被った男が血まみれで倒れていて、時広とラウリ、イーダは床に並んで座ったまま愕然としている。もう一人の強盗犯は、仲間を見下ろして棒立ちになっていた。血まみれの男からかすかな呻き声が聞こえる。生きてはいるようだ。

いったいなにがどうなってこうなったのか、わからない。

だが、強盗犯は一人になった。

『おまえ、なんだ！』

たぶん誰何《すいか》する言葉だろうが、英語ではなかった。

強盗犯の男は蒼白になりながら銃口をアーサーに向けてくる。心臓が飛び上がったが、間合いはほぼない。アーサーはとっさに銃身を鷲掴《わしづか》みにし、渾身《こんしん》の力でもってライフル銃を引き寄せながら男の腹に蹴りを入れた。

「ぐえっ」

変な声を上げながら男がひっくり返る。すぐに起き上がろうとしたので、奪った銃身で容赦なく殴りつけた。動きが鈍くなったところで俯せにさせ、背中に馬乗りになる。

「そこに粘着テープがあるわ！」

イーダが教えてくれたので、アーサーは強盗犯を粘着テープでぐるぐる巻きにした。

「アーサー、ありがとう」

イーダが泣きながら礼を言った。ラウリとイーダ、時広の全身を目で確認する。誰もケガはしていない。良かった。

ホッと安堵して、時広の前にしゃがみ込む。黒い瞳が潤んでいるのを愛しく想いながら、黒髪を一撫でした。

すぐさま時広の拘束を解いてあげたがったが、ここはイーダを優先した。気が急くのを隠しながらイーダの手足を巻いている粘着テープを剥がし、次いでラウリを自由にする。

「ありがとう、アーサー。警察に通報は？」

「ヨウシアが電話してくれたはずだ。私のレンタカーの中にいる」

「わかった。救急車も呼ばないと」

そう言いながら、血まみれで倒れている男を見下ろした。よく見ると、銃身が真っ二つに裂けたライフル銃がすぐそばに落ちている。

「もしかして、銃が暴発したのか？」

「そのようだ。どうせろくに手入れがされていない古いものだったんだろう。自業自得だが、まっとうな人として助けを呼ばないわけにはいかない」

ため息をつきつつ、ラウリは自分の携帯電話を取り出す。

アーサーは時広に向き直った。口を覆っている粘着テープを慎重に慎重に剥がしていく。それでも口の周りが赤くなってしまい、強盗犯に対する憎しみがこみ上げてきた。手足を自由にすると、時広がしがみついてきた。しっかりと抱きしめる。

「アーサー！」

「トキ、無事でよかった」

「アーサー、危ないことをしたらダメだ。飛びこんできたとき、口が塞がれていなかったら絶叫していたよ」

「大切な君がひどい目に遭っていないか、心配でならなかった。じっとしていられなかったんだ」

「それでも、こういうときは警察に通報して、助けを待つのが一番なんだから。僕だって、アーサーにもしものことがあったら嫌だ。撃たれていたら、どうするつもりだったの。あんな至近距離でライフル銃に撃たれていたら死んじゃうよ。僕を一人にする気だったの」

ぽろり、と白い頬に涙が零れる。時広の心を最も痛めさせたのは、強盗犯ではなくアーサーの無謀な行為だったらしい。

「すまない、トキ」

もう一度抱きしめて、目尻にキスをした。

「私は一年前に失敗している。トキをみすみすストーカーの手に渡してしまった。あれは私のミスだった。今度のことだって、ここに来たときにラウリから別荘ばかりを狙う泥棒が出没していると注意を受けていたのに、なんの対策も施さなかった。警備会社に周辺の見回りを頼むことくらいできたはずなのに、怠ったのは私のミスだ。申し訳ない」

ぐすぐすと洟《はな》をすする時広の背中を、宥めるために撫で続ける。華奢な背中の震えが、ふと止まった。時広が泣き顔を上げて、揺れる目でアーサーを見てくる。

「アーサー……今なんて言った？」

「トキ？」

「ここに来たとき、ラウリからなにを聞いたって？」

「なにって、泥棒が出ている話を――」

「ラウリ、その話をしたのは、今年のこと？」

電話を終えたラウリが、時広の問いに頷いた。

「今年だ。三年前じゃない」

「まあ、アーサー、思い出したの？」

イーダが喜色を浮かべて肩を叩いてくる。

「え……？」

なんのことか、アーサーはわからなかった。

なにを思い出す？　三年前がなに？　ラウリとイーダ、そして時広のこの期待に満ちた目はなんだ？　なにを意味する？

「アーサー、僕たちが今どこの国にいるか、わかってる？」

「フィンランドだろう。初めての二人きりのバカンスを過ごすために、日本で墓参りをしてから来た。ヘルシンキで二泊して、それからレンタカーでここまで来て……」

時広と二人きりのバカンスは初めてで、アーサーは恋人らしい甘い時間を堪能した。その直前に従弟のリチャード絡みで仲違いをしてしまったせいもあり、アーサーはとことんまで時広を甘やかして身も心も蕩けさせるつもりだったのだ。

ところがヨウシアが二人のあいだに割りこんできた。子供だからと時広は無条件で懐に入れてしまったが、アーサーは気が気ではなかった。子供の成長は早い。すぐに色気づくとわかっている。たとえ時広に惚れたとしても、みすみす渡してしまうつもりは毛ほどもないが、気分がいいものではない。

とはいえ、ヨウシアが十歳の子供なのは確かだからアーサーは大人としての振る舞いをしなければならず――。

アーサーの脳裏に、ふっとヨウシアの駆けていく後ろ姿が蘇る。その後ろ姿を追いかけるように走りだしたのはいつのことだったか。

「車が……そうだ、車が来て——」

ヨウシアを止めようと追いかけた。全力で走って、なんとか追いついたとき、車が来た。

そのあと、どうなった？　ヨウシアは？　車は？

「トキ、ヨウシアは……あの子は車に轢かれたのか？　いや、違う、ヨウシアは外にいる。そうだ、ついさっき、私に助けを求めてきた。五体満足でぴんぴんしていた。私は携帯電話を渡した。彼が警察に通報してくれたはずだ」

道路に飛び出したヨウシアはケガをしていない。走行中の車に飛びこむような危険なタイミングだったのに、無事だったのだ。だがそのあと、どうなった？

「……あれ？」

そのあとのことが思い出せない。車がどうなったのか、自分はどうしたのか、あのとき時広はどこにいてどうしていたのか。

何度もアーサーの名前を呼ぶ時広の声が、かすかに耳に残っているような気がした。

「アーサー……思い出したんだね……」

いや思い出していない、よくわからない、と答えようとしたのに、時広が大粒の涙をぼろぼろと零しながらしがみついてきたので、言葉を呑みこんだ。反射的に時広を抱きしめたが、な

にがこんなに時広を泣かせているのか理解できなくて、アーサーは途方に暮れた。

ラウリが外へ出ていき、ヨウシアの名前を呼ぶ。レンタカーから降りてきたヨウシアは携帯電話を耳に当てていた。

泣きじゃくる恋人を抱いたまま無事を喜びあうラウリとヨウシアを窓から見ていると、遠くの方から警察車両のサイレンの音が聞こえてきた。

◇◇◇

アーサーは失った一年間の記憶を取り戻した。その代わり、事故後の数日間のことはほとんど覚えていなかった。

時広はすぐにエドワードにアーサーのことと強盗事件を知らせた。まだヘルシンキにいたらしいエドワードはすぐにコテージまで戻ってきてくれて、アーサーと再会の抱擁《ほうよう》を交わした。

エドワードにとってはわずか四日ぶりだが、事故後の記憶がないアーサーにとっては一昨年のクリスマス休暇以来の再会という不思議。

「記憶が戻って、本当によかった」

安堵の笑顔を浮かべるエドワードに、苦笑を返すアーサーだ。

「エド、私にはその間の記憶がない」

「うん、まあ……覚えていないほうがよかったかもしれないから、深く考えなくていいのではないかな」

「どういう意味だ？」

「さあね」

エドワードは軽くかわし、時広に強盗事件の経緯と、なぜそのときハウキネン夫妻の家に行ったのか、尋ねてきた。

「アーサーはそんな危険なことをしたのか」

エドワードは弟の無謀な行為に顔をしかめ、「父さんに報告するからな」と断言した。

警察によると、今回の二人組の強盗犯はこの夏、近隣で空き巣や窃盗を繰り返していた犯人らしい。殺人や傷害までは犯しておらず、ハウキネン夫妻の家も空き巣のつもりが外出していたラウリたちが戻ってきてしまい、鉢合わせした結果だと証言したそうだ。銃の暴発によって重傷を負った男は一命を取り留めたようだが、後遺症は免《まぬか》れないだろうと聞いた。

「事件に巻きこまれた、その最中にアーサーの記憶が戻ったということか。どのタイミングで変化が起こったのか、自分ではわからなかった？」

アーサーは記憶を探るような顔をしたが、諦めたように肩を竦めた。

「わからなかったな」

「不思議なことがあるものだ。まあ、人間の脳に関する研究はまだ途上らしいから、そういうこともあるのだろう。ところで頭痛はもう治まっているのか?」

「治まっている」

「それでも一度、主治医に診《み》てもらったほうがいい」

エドワードの意見に時広も賛成し、その場で病院に電話を入れて明日の診察と検査を予約した。エドワードが病院まで車を出してくれることになった。

明日の早朝にここを出発し、昼までに病院へ行かなければならないので、その夜は早々に寝ることになった。時広がここのところ寝室として使っているツインルームに入ろうとすると、アーサーが不審げに引き留めてきた。

「どうしてそこに?」

事故の朝まで、時広とアーサーは二人で主寝室を使っていた。クイーンサイズのダブルベッドで、それこそ数えきれないほど抱きあった。バカンス中、ベッドを別にしようなんて、カケラも考えていなかったのだ。

「事故の後、僕はずっとこっちで寝起きしていたから……」

「寝室を別にしていたのか? もしかして、私が言いだした?」

愕然とするアーサーに、時広は曖昧《あいまい》に頷くしかない。

「なんてことだ……」

「あの、でも、アーサーは頭を打っていたから安静にするという意味もあったんだ。だから僕は別に、一人で寝ることに違和感はなかったし、ひさしぶりに、その、のびのびと眠れてよかったと思っている」

寂しさに泣いたことは絶対に秘密にしておこう、と時広は決めた。

「今夜からもう一人で寝る必要はないだろう。トキ、おいで」

「ダメ、僕はそっちに行かない」

拒絶されてショックを受けた顔になるアーサーに、慌ててフォローした。

「勘違いしないで。アーサーと一緒に寝たくないわけじゃない。むしろ逆だから」

「逆？」

「わからない？　今夜一緒にベッドに入って、なにもしないでいるなんてこと、僕は自信がないんだ」

恥ずかしさに赤くなりながら、時広は弱音を吐いた。抱きしめあってキスしたら、絶対にそのあとの行為までねだってしまいそうな自分がいる。

「ひどい頭痛に苦しんだのはほんの数時間前だよ。今夜は静かに寝て、明日の検査に備えよう」

時広がそう主張すると、アーサーは渋々ながら一人でメインベッドルームに行ってくれた。

時広は今夜が一人寝の最後になるだろう、と思いながら、ツインルームに入ったのだった。

翌日の朝、予定どおりエドワードがアーサーと時広を街の病院まで連れていってくれた。

アーサーが精密検査を受けているあいだ、時広はエドワードと話をした。

「トキ、アーサーの記憶が戻ったのは君のおかげだ。兄として礼を言う。ありがとう」

「そんな……。僕はなにもしていません。ただそばにいただけで、本当になんの役にも立てなくて」

「そばにいてくれるだけでよかったんだよ。弟を見捨てないでいてくれた。記憶を失っていたあいだのアーサーは、ずいぶんと君に冷たい態度だった。それなのに君は献身的で、一言も弟を責めなかった。辛かっただろう?」

「……あのときのアーサーは、仕方がないです。だって僕のことをなにも知らなかったんですから。辛いのはアーサーのほうだったと思います。いきなり一年もたっていて、いつのまにかフィンランドに来ていて、横に見知らぬ日本人がいたんですから。それはもう驚いたでしょうね。拒絶するのは当然です。強がりを言うと、出会ったばかりのころを思い出して、ちょっと懐かしかったです」

「なるほど」

エドワードは薄く笑って目を伏せる。

「もし、もしも、記憶が戻らなくても、君はアーサーと一緒にNYへ戻るつもりだったんだろう？」

「僕には、アーサーしかいないんです。日本に帰る家はありますけど、もうそこに僕の心はなくて――。彼がどうしても僕と生活したくないと言ったなら、おとなしく……なにも言わずに日本に帰るつもりでした。でも、そうでないなら、ハウスキーパー代わりでもそばに置いてくれると言うなら、離れる気はありませんでした」

「たとえ何年も記憶が戻らなくても？」

「耐えられる限りは、見守っていきたいと思っていました」

「君は見かけによらず強い人だな」

「友人には頑固だと言われています」

「君の友人は辛口のようだが、私にはとても好ましい一途さとしか思えないな」

一途だと言われて、時広は内心複雑だ。そんなにきれいな気持ちではないと、自分では思っている。

アーサーは時広にとって初めての恋人だ。そしてたぶん、最後の恋人。時広の中はアーサーでいっぱいで、もう誰も入る隙《すき》はない。彼を失ってしまえば、生きていても死んでいるのと同じだろう。これは執着に近い。恋人の兄に「好ましい一途さ」と美徳のように評されて、困惑してしまう。

そんな感情が顔に出ていたのか、エドワードはおかしそうに小さく笑い、時広の肩を労《ねぎら》うように叩いてきた。

「まあ、これからも弟をよろしく頼むよ。君というパートナーを得ることができて、アーサーは精神的に安定し、より大人の男へと成長できるだろう。私は安心して自分の仕事に勤《いそ》しむことができる」

「アーサーは充分に大人の男として完成されていると思いますけど？」

「君にはそう見えているのか？　きっと君の前では背伸びしていたり痩せ我慢していたり、本人なりに理想の男であろうと努力しているのかもしれないな」

四つ年上の兄の目からしたら、アーサーはまだまだと言いたいのかもしれない。

確かにエドワードは大企業のトップらしい貫禄と知性を備えていて、優しさと自信に満ちた紳士だけれど、アーサーの評価が低過ぎて時広は面白くない。

「いくらお兄さんでも、僕の恋人をそんなふうに言わないでほしいです」

正直に不満を口にしたら、エドワードは目を見開いたあと、吹き出した。

「それはすまない。悪かった。そうだな、トキにとってアーサーは大切な恋人だ」

「最高の大切な恋人です」

微妙に訂正してみせると、エドワードはまたおかしそうに笑った。笑わせようとしているわけでもないのに、こんなふうに腹を抱えて笑われたら、時広はどうしたらいいのか。

拗ねたような精神状態になっているところに、検査を終えたアーサーが待合室までやってきた。時広とエドワードを見て、器用に片方だけ眉を上げる。

「ずいぶんと楽しそうだな。私が知らないあいだにこんなに親しくなっていたなんて」

「おい、アーサー、くだらない悋気《りんき》はやめてくれ」

エドワードがため息をつきながら時広から離れ、アーサーに歩み寄る。

「それで、検査の結果はどうだったんだ？」

「異常なしだ」

「それは結構。ではコテージに帰ろう」

エドワードの運転で、時広たちは森の中のコテージに戻った。


イーダのクッキーはあいかわらず美味しい。表面はサクサクで、中はしっとりしている。コーヒーを飲みながら食べると、心もお腹も温かくなってくるのだ。

病院から戻り、検査結果をラウリたちに報告しに行ったら、全快祝いとしてイーダの焼きたてクッキーをもらった。それを持ち帰ってすぐコーヒーを淹れ、火をつけた薪ストーブの前で三人並んで食べた。アーサーたちにとっては子供時代を象徴する懐かしい味らしい。時広にとっても、初めてのバカンスの思い出の味になりそうだった。

夕食の支度まで時間があったので、時広はその前に大智に報告しようと思い、エドワードとアーサーに断ってから二階に上がった。二人はコーヒーのお代わりを淹れている。

こちらが夕方なら日本は夜だ。まだ就寝時間には早いので起きているだろうと、電話をかけた。呼び出し音一回で、大智は出た。

『時広！　なかなか電話してこないからどうしたのか心配していたぞ』

いきなり怒られて、時広は「ごめん」と謝った。アーサーが記憶喪失になったときと、エドワードが仕事に戻り、コテージに二人きりになったときの二回しか、大智には連絡を取っていなかった。情に篤い大智だから当然ものすごく心配してくれているだろうとわかっていたのに、その後の報告を怠っていたわけだから、責められるのは当然だ。

「実はアーサーの記憶が戻ったんだ」

『ええっ？　どうして？　なにかきっかけがあったのか？』

そこで時広は強盗事件をかいつまんで話した。アーサーは自覚がなかったが、非常事態の最中に彼の中でなにかが変化して、いつのまにか記憶が蘇っていたこと。そして記憶喪失だった数日間の出来事は、忘れてしまったこと。

『忘れた？　時広のことを忘れていたあいだのことを、忘れちゃったのか？　って、ややこしいな』

確かにややこしい。

「僕のことを忘れていた数日間を、ほとんど覚えていないみたい。なんとなく、薄ぼんやりと記憶に残ってはいるらしいんだけど、本当にわずかで、自分の言動とかエドワードのことかも、あまり覚えていないんだ。でも僕は、それについてはたいした問題じゃないと思っている」

『まあ、そうか。そうだよな。元のアーサーが帰ってきてくれたんだから、よかったよ。ホッとした。一時はどうなることかと思ったからさ』

あははは、と大智は笑ってくれた。電話の向こうで男性の声がした。英語で大智になにか話しかけている。大智は英語で『トキから電話。アーサーが元に戻ったって』と答えている。きっと恋人のハリーだろう。あいかわらず仲がよさそうだ。

『もうすぐ夏の休暇は終わりなんじゃないか？』

「今朝早く、アーサーがエミーと電話で話しあって、帰国をちょっとだけ先延ばしにすることに決まったんだ。予定では明後日だったから」

記憶が戻ったばかりなので、数日だけだがバカンスを延長させて、ここで安静にして過ごすことにしたのだ。時広が希望すれば、NYに直行せず日本に一度立ち寄ってもいいと、アーサーが言ってくれた。ちらりとそう言うと、大智がすぐに飛びついた。

『寄ってくれよ、日本に。一時間でいいから会おうぜ。おまえの顔を見て安心したい』

温かな友情がありがたくて、つい涙ぐみそうになってしまう。

「じゃあ、日本に寄ることにする。詳しいことが決まったら、また連絡するよ」

『待ってる』

通話を切ってから、時広はひとつ息をつく。

大智には言えなかったことがある。記憶喪失だった数日間のことを覚えていないアーサーについて、問題視していないと言ったのは嘘ではない。むしろ覚えていなかったことに安堵したとは、言えなかった。

一度だけ、おたがいの体に触れあった。恋人だと認めてくれずに冷たい態度をとり続けていたアーサーが、思いがけず距離を詰めてきて、あまつさえキスしてくれて舞い上がった。衝動のままみずから進んでフェラチオしたことを思い出すたび、赤面してしまう。

あのときアーサーが突然の頭痛に襲われなかったら、最後までセックスしてしまっていたかもしれない。体は恋人のアーサーだけれど、中身は微妙に違うアーサーと。

時広は今になって、まるで浮気をしたような微妙な気分になっている。激しい頭痛に苦しんだアーサーには申し訳ないけれど、挿入行為に至らなくてよかったと思う。最後までしていたら、後悔していたかもしれない。

厳密に言えば浮気ではないのだけれど、アーサーしか知らない時広にしたら、なんとも複雑で、どう言葉に表せばいいのかわからない心理状態だ。こんなこと大智に打ち明けたら、きっと大笑いされるだろう。なに変なことを気にしているんだと。

だから言わなかった。というか、言えなかった。

時広は携帯電話をサイドチェストに置き、部屋を出た。階段の空間を通じて、リビングの話し声がわずかに聞こえてくる。エドワードとアーサーだ。口調が深刻そうだったので、時広は一階に下りていってもいいものかどうか、躊躇《ちゅうちょ》した。

「それは、本当か？」

「本当だ。私が嘘を言ってどうする。おまえはトキにそう言ったんだ」

エドワードの口から自分の名前が出て、時広はドキッとした。二人で時広のことを話しているのだろうか。

盗み聞きは良くないとわかっていながら、気になってしまった時広は足音を殺して階段を中程まで下りた。より鮮明に会話が聞こえてくる。

「恋人として接することはできそうにないなんて、この私が言ったのか……」

愕然としたアーサーの呟きに、エドワードが苦笑した気配が伝わってきた。

「私には、トキのどこがいいのかまったくわからない、とまで言ったぞ」

「それを彼の前で言ったのか？」

「いや、そのときは私と二人きりだった」

「そうか……」

大きなため息が聞こえてくる。

「ほかには、私はなにをエドに言った？」

「トキは自分の好みからは大きく外れている。それなのにどうしてこんなことに、と嘆いていた。そして一年前に、いったいなにがあったんだ、知っているかと私に聞いた。もちろん私は知らない」

「そのときの自分を、できるなら殴り倒したいくらいだ」

「アーサー、あの期間のおまえは、本当のおまえではなかった。元に戻ることができたのだから、そんなに落ちこむな」

「事故後の数日間を忘れた私には過ぎたことと片付けられるが、トキはどうだ？　その直前まで愛していると囁いていた口が、数時間後には他人の顔になって愛せないと突き放したんだぞ。冗談ではなく本気で」

「アーサーの病状を、トキは正しく理解していた。彼は聡明な人だ。その瞬間に傷ついたとしても、きっと忘れてくれる。おまえを責めるつもりはないとはっきり言っていたし、そばにいて支えてあげたいと考えていた」

「そうさ、トキは聡明だ。そして優しい。私を愛してくれている。だからこそ傷つく。私はどう慰めて、どう償ったらいいんだ……」

アーサーの嘆きが、時広の胸に染みていく。

彼が言うとおり、心ない言葉に何度か傷ついた。けれどそれは記憶喪失に見舞われたせいであって、アーサーのせいではない。

エドワードが仕事に戻るためにコテージからいなくなったあと、アーサーは時広との距離を縮めようとしてくれていた。もし記憶が戻っていなくても、きっと時広と二人の生活は成り立っていただろう。そんな空気が漂い始めていた。以前のアーサーとは微妙に違っていたとしても。

自分は聡明だなんて褒めてもらえるほどの人格者ではない。ただ、アーサーには誠実でありたくて、なにがあっても最後まで味方でありたかった。それだけだ。自分では利己的だと思っている。

「アーサー、トキは償いなど求めていないだろうが、おまえがどうしても気に病むなら、これからもトキだけを心から愛していけばいいんじゃないか？」

「そんなことは言われるまでもない」

馬鹿にするな、とアーサーがエドワードに噛みつく。

「そうだな、余計なお世話だった」

「ほかになにか異常な言動はなかったか？」

「全体的にトキに対して冷たかったのが気になる程度だが、エミーに聞いてみたらどうだ？バカンス後の仕事のことで、エミーと連絡を取りあっていたようだから。彼女はトキと面識があるんだろう?」

「面識があるどころじゃない。かなりのトキ贔屓《びいき》だ。彼女は大の親日家だからな」

「ああ、そういえばハイスクール時代に日本でホームスティをしていた経験があると聞いたことがある。今でも長期休暇のたびに日本へ行っているとか」

エドワードまでエミーの日本好きが知られているとは。笑いが零れそうになり、時広は口を手で覆った。

今ここでリビングまで下りていき、アーサーに「過ぎたことは気にしなくていい」と言うのは簡単だ。けれど、きっとアーサーはそれで納得はしない。そういう面では、時広に甘えない人なのだ。

彼は真面目で自分に厳しい人だから、とことん落ちこんで、そして時広との日常生活の中で自分の感情に折りあいをつけ、ゆっくりと浮上してくるだろう。時広はただ待つだけだ。アーサーを信じて、変わらぬ愛情を示しながら。

まだ兄弟の話は終わらないようなので、時広はそっと階段を上がった。もう少し二人きりにしておいたほうがいいように思って。

その日の夜、明日の朝にヘルシンキまで戻り、すぐにベルリンへ飛ぶというエドワードと三

人で最後の夕食をとった。

時広はアーサーが全快したお祝いも兼ねてたくさん料理を作り、イーダが焼きたてのパンを差し入れてくれた。さらにイーダは、森で摘んだ野生のブルーベリーをたっぷり使ったパイを焼いて持ってきてくれたので、それをデザートにした。

エドワードが持参してきた日本酒を開けたが、偶然にもそれはアーサーが事故に遭った日に街のリカーショップで購入したものと同じ銘柄だった。

あのときの日本酒は結局、取り戻せていない。駆けだしたヨウシアを追いかけたアーサーは、抱えていた瓶を店の前の植えこみに放り投げた。それきりだ。というか、それどころではなかったのでショップに問いあわせることもしていなかった。

ほぼ二週間越しに飲んだ日本酒は、すっきりとした辛口でありながらフルーティで、飲みやすかった。イーダの愛情と感謝がこもったパンとブルーベリーパイはとても美味しいし、料理も我ながら上手にできた。

元に戻ったアーサーの落ち着きと、弟の快癒に安堵しているエドワードの笑顔に、時広はこの数日間の苦悩がきれいさっぱり消えていくのを感じる。ほんの少しだけもらった日本酒でふわふわとしたいい気分になり、ずっと笑っていた。

食事のあとの片付けは、兄弟が率先してやってくれ、時広はカウンター越しに長身の男が二人並んで洗い物をしているのを眺めているだけでよかった。

片付けがすべて終わると、エドワードはナイトキャップにとグラスにウイスキーを注ぎ、早々に二階のツインルームに入ってしまう。彼が時広とアーサーに気を遣ってくれているのはわかったが、恋人の兄にそういうことをされて羞恥を感じないほど図太くはない。

「トキ」

薪ストーブの前のソファに座っている時広に、アーサーが手を差し出してきた。その手を握ると、力強く引っ張られて立ち上がる。肩を抱き寄せられて、そっと額にキスされた。

「二階へ行こう」

うん、と頷き、二人並んで階段を上がる。ここのところ時広が使っていたツインルームの前を、アーサーは無言で通り過ぎる。時広もなにも言わなかった。

大きなダブルベッドがあるメインベッドルームまで行き、アーサーが後ろ手にドアを閉じた。ベッドはきれいにメイクされている。たぶんアーサーが自分でやったのだろう。今夜、ここに時広を連れてくると決めて。

たった二週間足らずだ。二人が別々に寝たのは。

けれど、心の距離は遠かった。やっとここに戻ってこられたのだと、喜びがひたひたと胸に満ちてくる。

「アーサー」

ベッドの端に並んで座り、時広はアーサーの顔を見つめた。大好きな顔だ。ハンサムなうえ、自信に満ちている。大人の男としてのプライドが感じられる栗色の瞳も、手触りのいい栗色の髪も、大きめの鼻も唇も、時広は大好きだ。

両手でアーサーの顔を包むように触れ、目元、鼻、口を指でたどる。アーサーは静かに微笑んでいるだけで、好きなようにさせてくれた。

「もう頭は痛くない？」

「ドクターにはどこも悪くないと言われた」

「僕が誰だか、本当にわかっている？」

「君は私がこの世界で最も愛する存在だ。抱きしめてもいいか？」

アーサーが両手を広げて聞いてくるから、時広は「もちろん」と頷いた。抱きしめあって、優しいキスをする。何度も唇をついばんだあと、鼻先が触れるほどの距離で見つめあった。どれだけ見ても飽きない。いつまででも見つめていたい。

「たとえ数日間でも、トキを忘れていた時間が存在したなんて信じられない。私はトキがいなければ生きていけないのに」

「僕はたとえ記憶が戻らなくても、あなたのそばにいるつもりだった。ハウスキーパーとしてでもいいから、NYについていくと決めていたよ。だって、僕もアーサーがいなければ生きていけないんだから」

「君への愛を忘れて、暴言を吐いた男なのに？」

「僕のことがわからなくなっていたんだから仕方がないよ」

「ひどいことを君に言ったんだろう？」

すまなかった、と項垂れる。

「アーサー、気にしないで」

「気にしないわけにはいかない。私のこの口が、愛する君を貶《けな》すようなことを言ったなんて——そのときの自分を殴り殺したいくらいだ」

「物騒なことを言わないでよ。あのときのアーサーは、僕を知らなかった。目が覚めたら知らない東洋人がそばにいて、あなたの恋人ですと自己紹介したんだよ。驚くのは当然だ。言動がぎこちなくなるのも、おかしなことじゃない」

俯くアーサーの頬を、時広は慰撫するように両手で挟んだ。慈しみをこめて、唇にキスを贈る。何度も。

「君はなにもかもを許すのか」

「許す許さないっていう次元の話じゃないでしょう。事故後のあなたも、ちゃんとアーサー・ラザフォードという男だったよ。ただ一年間の記憶をなくしただけで、東京のホテルで初めて会ったころと似た感じだった。忘れられたのは確かに悲しかったけれど、僕は一から信頼関係を築いていければいいと思っていた」

「私とあらためて恋愛するつもりだった？」

「それは……わからない。あなたは僕を恋愛対象にはできないとはっきり言った。一緒に住んでも恋人らしいことはなにもできないとも告げられていて、その望みはないんだろうと思っていた。だから恋人でなくとも、アーサーのためになにかできるのであれば、精いっぱいのことをしたかった」

「君は献身的過ぎる。もっと我が儘《わがまま》になってもいいのに。私を責めてもよかったんだ」

「あなたを責めようなんて、微塵も考えなかったよ。だって事故は、アーサーのせいじゃなかった。望んで記憶喪失になったわけじゃない。僕が味わった苦悩なんて、あなたの辛さに比べたら、たいしたものじゃなかったはずだよ」

ふっ、と苦く笑って、今度はアーサーがキスをしてくる。

「私の恋人はここに――」

時広の胸に、アーサーの手がひたりと当てられた。

「見えない炎を燃やしているようだ。一見してわからないが、その炎はとても熱く燃え上がっていて、消えることはない」

「……そうなのかな」

「私にはそうとしか思えない。君は情熱的だ。私のためならなんでもしてしまいそうで、ちょっと怖い。注意深く見ていないと、危険なことをしでかしそうだ」

「危険なことをしたのはアーサーのほうでしょう。ライフルの銃口を向けられたときのこと、覚えている？」

「覚えている。けれどなにもなかった」

「あれは運が良かっただけだ。あの瞬間、僕は心臓が止まりそうになるくらいの衝撃を受けたんだからね」

思い出すだけで肝《きも》が冷える。あんな思いは、二度としたくない。

それなのにアーサーはふざけた表情で時広の首筋に手を当てた。しっかりした脈が感じられるから心臓は止まっていないな、なんて言いながら。

「アーサーのバカ」

「その悪態は可愛過ぎる。君は罵倒のスラングを知らないから、なにを言っても可愛いだけだ」

「もうっ」

本気で腹を立てたのに、アーサーは楽しそうに笑うばかりだ。笑いながら時広にまたキスをする。何度も、何度も唇を重ねて、そのたびに長く、深くなっていった。

安心して身を任せることができる、アーサーのくちづけ。舌を委ねて、粘膜同士を絡める心地良さにうっとりしていたら、そっとベッドに押し倒された。もとよりそのつもりだったので、時広は両腕をアーサーの背中に回す。しっかりとした筋肉に覆われた広い背中も、時広が愛する場所だ。

セックスするのは何日ぶりだろう。こんなに間があいたのは、リチャードのことで揉めて以来だ。事故が起こる前は、このコテージで二人きり、一時も離れることなく仲良くしていたから、そのギャップが大きかった。

アーサーの手が服の上から時広の体をまさぐってきた。ズボンのボタンが外されたとき、思い出してハッとした。そういえば、アンダーヘアが——。

「アーサー、ちょっと待って、あの……」

「どうした？　まだその気になれない？」

あやすように頬を撫でられて、違うと首を横に振る。どう説明すればいいのだろうか。ヘアが伸びてきたので十円ハゲがわかるようになったと、そのまま報告するべきか……。

「あっ」

逡巡しているあいだに、アーサーの手が下着の中に滑りこんできた。生えかけのヘアをざらりと撫でられて、顔に血が上る。そこはもうさんざん見られてきた場所なのに、ヘアが生えかけの状態だというだけでものすごく恥ずかしい。

「ああ、アンダーヘアが生えてきているんだな？　君に関する記憶をなくした私は、ここを処理することも忘れたということか。ずっと剃っていなかった？」

「うん……」

「どれ、見せてごらん。どのくらい生えた？　ヘアが伸びた分、私が君を忘れて放置していたという証だ」

「あの、あの、実は生えてきたせいで、十円ハゲが――」

ぴたり、とアーサーの手が止まった。栗色の瞳に欲情の色が乗り、挑むように「なに？」と見つめられる。

「その、ヘアが伸びてきたせいで、十円ハゲがわかるようになっていて、やっぱり変だから剃ったほうがいいのかな、って思ったんだけど」

「………………」

「でも、アーサーが僕の十円ハゲを見たがっていたから、そのままにしてあって」

返事がないのでちらりと顔を覗きこむと、アーサーは難しい表情をしている。なにをそんなに考えこむ必要があるのか、時広にはさっぱり理解できない。

「アーサー？」

「十円ハゲはまだ治っていなかったのか」

「そうみたい」

「それで、伸びてきたせいでわかるようになったと」

「……うん」

だからどうして真顔になっているのか。

「剃るにしても、一度見てみないとなんとも言えない。ほら、全部脱いで、脚を広げて、私にすべてを見せなさい」

命令口調になったアーサーには逆らえないなにかがある。時広はアーサーに手伝ってもらいながら、もたもたとズボンと下着を足から抜いた。両脚を自分で広げるようにして持てと言われ、そのとおりにする。

部屋の照明はつけたままだ。ベッドはこうこうと照らされている。時広は張りつけにされた標本のようなポーズで秘部を晒した。アーサーがそこに顔を近づける。視線を痛いほどに感じて、時広は羞恥に耐えた。

「これがトキの十円ハゲか……」

感心するような声音に、顔から火が噴きそうなほど熱くなった。きっと全身が真っ赤になっている。これ以上、脚を広げていられなくなり、時広は衝動的に閉じた。うっかりアーサーの頭を挟みこんでしまう。

「痛いよ、トキ」

「ごめんなさいっ」

すぐに開いてアーサーの頭を脚のあいだから追い出し、ベッドの上を後退りした。

「まだ見ている途中だったのに」

「もう充分見たでしょう。ちょっと、ここで待ってて」

バスルームはすぐそこだ。駆けこんでドアをロックして、自分で手早く剃ってしまおう。もう羞恥プレイはお腹いっぱいだ。アーサーはプレイだと考えていないのかもしれないが——無意識だとしたら、それはそれで怖い――時広はそもそもおかしな性癖はない、はず。

「自分で剃る？　そんなことを私が許すとでも？」

素早くベッドを降りようとしたが、足首をがっしりと掴まれてしまった。力まかせに引っ張られて、ずるずるとベッドの中央まで移動させられる。

「まだ充分とは言えないから、もっとよく見せてくれ。私の気がすんだら、剃ってあげよう」

「どうしてそんなに固執するの？　ただのハゲでしょうっ」

「ただの？　ただのハゲなどではない。君がこの可憐な下草に咲かせた、貴重な花のようなものだろう？　刈り取られてしまって、私は目にすることができなかったんだ。せっかくの機会だからじっくり観察したい」

「観察ってなに、観察って」

「ほら、動かないで。さっきのように脚を開いて」

「いっそのこと剃らないで放置しておけば、いつでも見られるようになるよ」

「それはダメだ。トキのアンダーヘアは剃ったほうがいい」

「どうして？」

「そのほうが――」

なにかを言いかけた口をぴたりと静止させ、ゆっくりと閉じたあと、アーサーは視線を逸らした。

「そのほうが、なに？」

「……とにかく、この貴重なハゲをたっぷり観察したあと、私が剃る。愛するトキの体の手入れをするのは、私の役目だ。たとえトキ本人にでも、その役目は譲れない」

恐ろしくきっぱり言い切り、アーサーはまっすぐ視線を合わせてきた。強い信念を感じて、時広は気圧《けお》される。アンダーヘアについて、アーサーに抗《あらが》うだけのこだわりなどない時広は、負けるしかない。でもすんなり引き下がるのも癪《しゃく》だった。

だって恥ずかしい思いをしているのは、時広なのだから。

「トキ、見られるのが、そんなに嫌なのか？」

黙りこんでしまった時広を気遣う口調で、アーサーが抱きしめてくる。けれど片手は剥き出しになっている時広の股間をまさぐっていた。アーサーに触れられるのは嫌ではない。むしろ気持ちいい。恋人の大きな手で陰嚢までまとめて包みこまれ、優しく揉まれると蕩けるような心地良さに陶然《とうぜん》としてしまうのだ。

「ああ……アーサー……」

「トキ」

軽くついばむキスを繰り返され、時広は目を閉じた。アーサーの手が生み出した快感は、静かに時広の全身に行き渡っていく。

「トキ、いい子だ。ほら、脚を開いて。私にすべてを見せてくれるね？」

まるで催眠術だ。うん、と夢見心地のまま頷きそうになり、時広は逡巡する。

恥ずかしいけれど、アーサーがそんなに望むなら凝視されてもいいかな、減るものではないし、と思う一方、どうしてそこまで固執するのか、アーサーはとんでもない性癖の持ち主なのかと疑問が浮かんでしまう。

「君は恥ずかしがるが、とても可愛らしいハゲだ。美しくもある」

そんなわけない。なに言ってんのアーサー、と時広は素に戻って呆れそうになる。

「私は今、初めて見たんだから、もう少し見せてくれてもいいだろう？」

「一回、見ているけどね」

ぽつりと零した呟きに、アーサーが鋭く反応した。

「一回見ている？　いつ？　私がいつ見た？」

しまった、と失敗を悟ったのが顔に出たのだろう、アーサーの目が眇《すが》められる。

「トキ、君のハゲを目撃したのはリチャードだけだったはずだ。いつ、どこで、私が見たのだ？　教えてもらおうか」

もう答えを察しているだろうに、アーサーは時広を追い詰めながら問いを繰り返す。

「えーと……僕の気のせいかな……」

「いや、気のせいではない。私は見たんだ」

「覚えているの？」

「覚えていない。だから腹立たしい」

アーサーの眉間にざっくりと縦皺が刻まれ、本心から腹を立てているような空気になる。

「私よりも先に記憶を失っている状態の私がトキのハゲを見たのか。なんということだ。先を越された！　というか、君はそのときの私と寝たのか？　恋人らしいことはしないと、私は宣言したのではなかったか」

「あー……うん、僕のことは恋愛対象としては見られないってアーサーは言ったんだけど、なんか、そういう雰囲気になって……ちょっとだけ」

「ちょっと？　ちょっととはどの程度までしたんだ？　キスはしたのか？　アンダーヘアを見たということは、服を脱いで裸になったのだな？　それはちょっとの範囲なのか？」

まるで浮気を責める夫のような調子になってきたアーサーに、時広は動揺してしどろもどろだ。事故後のアーサーと触れあったことは、秘密にしておこうと決めていたのに、うっかり口走ってしまった。

「なにをどこまでどうしたのか、教えてくれ。トキ、気になってたまらない」

「アーサー、落ち着いて。僕はほかの誰かと浮気したわけじゃない。相手はまぎれもなくあなたなんだよ。ちょっとだけキスをして、体に触れただけだから」

「キスをしたのか。どんなキスをした？」

「どんな、って……」

説明のしようがなくて困惑する。傷ついた目をしているアーサーを宥めるために、時広はくちづけを再現することにした。首に腕を絡めて引き寄せ、唇を重ねる。あのときのキスを思い出しながら、唇と舌を動かした。奇《き》を衒《てら》ったことなんかしない。いつものキスだ。いつもの――心地良くなれるキス。

舌を絡めて、吐息を混ぜて、気持ちを伝えあうような恋人のくちづけ。

途中からアーサーも舌を動かし始めて、二人は疲れるまで夢中になってキスをした。

顔を離したときには、二人とも目が情欲に煙っていた。

「記憶を失った私と、こんなキスをしたのか……」

「あなたはあなただ」

「悔しいが、仕方がない」

唾液で濡れた自分の唇を、アーサーが噛む。けれど少しは冷静になれたようだ。

「それで？　キスのあとどうした？」

「アーサーのここが、反応していて」

時広はアーサーの股間を服の上からそっと撫でた。

「事故後は一度も抜いていなかったみたいだから、溜まっていたんだなと思った。それで僕が処理してあげようと――」

「手で扱いたのか」

「……口で、してあげた」

嘘をつきたくなくて正直に答えたら、アーサーが魂《たましい》を吐きそうなため息をついた。

「フェラチオしたのか」

「手よりも気持ちいいかなと思って」

「それは当然気持ちよかっただろうな」

アーサーの性器は、服の中でもう熱くなっている。さっきのキスのせいだろう。とても窮屈そうだ。時広も緩く勃起しているが、下半身はすでに剥き出しになっている。シャツ一枚という姿だ。

「あの、じゃあ、してあげる」

時広がアーサーのズボンの前を開けようとするのを、彼は止めなかった。つまりしてほしいのだろう。記憶を失っていたあいだの自分に変な対抗心があるようなので、たぶんそれ以上のことをしなければ気がすまない。

寛げたそこからは、締めつけから解放された屹立《きつりつ》が勢い良く飛び出してきた。愛する人の大切な場所。初めて口腔で愛撫したのはアーサーのこれで、やり方を教えてくれたのもアーサーだ。

もう何度もしてきたが、なかなか上達しないのは、きっと自分が不器用だから。アーサーに申し訳ないと思う。それでも何回かに一回は口腔で達してくれるので、嬉しかった。

時広はベッドに這うようにしてアーサーの股間に顔を埋め、赤黒く膨張して反り返っているものに舌を伸ばした。手を添えながら、下から上へと舐める。嗅ぎ慣れたアーサーの体臭に包まれながら、時広は舌を使った。

「ああ、トキ……」

声を上擦《うわず》らせ、アーサーが時広の後頭部に手を置く。時広は亀頭を舐め回し、唾液で濡れた幹の部分を指で扱いた。どんどん成長してくるものが喉を突く勢いになる。それでもかまわずに愛撫を続けた。

アーサーに気持ち良くなってほしいから。自分のこの愛を感じてほしいから。

確かに記憶を失った状態のアーサーと触れあったとき、浮気をしているような後ろめたさがあった。だから元に戻ったアーサーには言わないでおこうと思ったのだ。

けれど、アーサーを愛している時広の気持ちはひとつだけだ。誰にも恥じることはないし、本当は秘密にするようなことではないのだ。

上目遣いでアーサーの様子を窺うと、頬を上気させて時広がすることをじっと見下ろしている。口を離し、先端をぺろりと舐めた。

「気持ちいい？」

「ああ、とても」

嘘ではないだろう。時広は嬉しくて微笑んだ。もっと気持ち良くさせて、このまま出してもらいたい。あらためてくびれの部分を舐めたところで、「もういい」と制された。

「どうして？」

「私もトキを気持ち良くさせたい」

言うなり、アーサーは時広と体勢を入れ替えてベッドに組み伏してきた。時広がなかなかフェラオのテクニックを上達させられないのは、いつもこうしてアーサーに中断させられて最後までやらせてもらえないからだと思う。

アーサーは時広を口腔で愛撫してくれるとき、いつも最後までしてくれる。時広もフィニッシュまでやりたいのに、許してもらえないことがほとんどだ。おそらくアーサーは受け身が性に合わないのだろう。常に能動的でありたい性質《たち》なのだ。

時広にどうしても上達してもらいたいと思っていないのなら仕方がないが、なんだか不公平だなと感じてしまう。

手早くシャツを脱がされて全裸にされると、胸にくちづけられた。体中を掌で撫でられながら、乳首を吸われる。

「ああっ」

鮮明な快感が、胸から全身へとまたたくまに広がっていく。フェラチオしているあいだに高ぶりかけていた時広の体は、たったそれだけの愛撫で一気に燃え上がった。

「あ、ああっ、やだ、そんなふうにしないで」

胸だけでなく、さらに性器を掴まれて、ゆるゆると上下に扱かれる。もう先走りが零れてきたようで、くちゅくちゅと淫猥《いんわい》な音が耳に届き、羞恥がこみ上げる。

「もう濡れている」

「だって、ひさしぶりだから……」

「記憶を失った私は、君のここには触れなかったのか？」

「してない」

「そうか」

明らかに嬉しそうな声を出して、アーサーは下腹部に唇を移動させていく。結局また、脚を大きく広げさせられて、そこを観察された。

「ああ、素晴らしい。美しいハゲだ。剃ってしまうのは惜しいが、やはりトキの股間は無毛が似合う。あとで、丁寧に私が処理しよう」

アーサーは独自のこだわりを時広の股間でぶつぶつと呟きながら、舌を這わせてくる。

「あっ、やあっ、あんっ」

恥ずかしいと思えば思うほど、快感が募っていくのはなぜだろう。おかしな性癖はないはずなのに、アーサーに感化されたのだろうか。それともこれが調教というものだろうか。

「もう、もうダメ……っ」

ひさしぶりで溜まっていたせいもあるだろうが、もともとスピーディなほうの時広は、すぐに我慢できなくなってきた。

「まだ早い。何度もいくと、あとで辛いぞ」

ペニスの根元をきゅっと指で縛《いまし》められ、簡単に射精できなくされた。時広は「痛い」と抗議したが聞き入れられない。出口を塞がれた欲望が、ぐるぐると下腹で渦巻く。何度経験しても、この辛さには慣れなかった。

「アーサー、アーサーっ、やだぁ、出したいっ」

「君のためを思って押さえているのに」

我が儘だな、とアーサーがクスクスと笑う。彼は時広の性器をきつく押さえたまま、あらゆるところを舐めてきた。陰嚢も、その後ろも、すべて。

唾液でべたべたに濡らされた窄まりに指が挿入された。ただの排泄器官でなくなってからひさしいそこは、本人の意思とは関係なくアーサーの指を歓迎して受け入れる。ぐるりと粘膜を撫でられて、時広は嬌声を上げた。

「ああ、ああっ、あーっ」

一瞬、性器の縛めが緩んだ。出口を求めていた熱が、止める間もなく迸ってしまう。途中からアーサーにくわえられ、体液を飲まれた。尿道に残っているものまですすられて、時広は頭が真っ白になる。

「少し零してしまった」

呟きとともにアーサーが時広の腹に散った白濁を舐め取っているのを、呆然と眺める。そのままアーサーは時広の股間をまた舐め始めた。萎えた性器をねちねちと弄られ、半ば強引に勃起させられる。

「トキ、体勢を変えようか」

軽々と体をひっくり返され、ベッドに這って尻だけを高くかかげる体位を取るように命じられた。射精の余韻がまだそこかしこに残っていて、羞恥心は半減していたが、それでも平静ではいられない格好だ。なにも知らなかった一年前ならいざ知らず、もう何度もしてきただろうとアーサーは言うけれど、それでも恥ずかしさはなくならない。

「この格好、嫌だ」

「どうして？　恥ずかしい？　大丈夫、すぐになにもわからなくなる」

尻の谷間が、アーサーの手によってぐっと広げられた。見られている。そこを。

「トキ、君のここは、いつまでたっても慎ましやかできれいだ。指一本では足らなかったね」

いきなり二本の指がぬくりと入れられた。

「ああっ」

さっき一本でも充分感じていたのを承知していながら、アーサーはそんなことを言う。時広が羞恥のあまり身悶えるのが楽しいのだ。思惑どおりになるのは嫌だが、なにも感じないでいるのは無理だった。

「あ、あ、あ、あっ、ああっ」

二本の指でかき回されて、時広は声を上げた。気持ちいい。理性が快楽に塗りつぶされていく。指とともにぬるりとした柔らかなものをそこに感じ、泣きそうになった。後ろを振り向かなくてもわかる。きっとこれはアーサーの舌だ。指を挿入しているところに、舌を差しこんでいる。ぬるりぬるりと窄まりの周囲を舐められ、快感に喘いだ。

シャワーを浴びていないことを知っているのに、アーサーはいつも躊躇しない。時広とて反対の立場だったら躊躇わないけれど、自分がされるのは気になるものだ。

指は三本に増やされ、潤滑剤を使わなくともアーサーの唾液だけで潤うくらい、さんざん舐められた。時広の性器は反り返り、白濁交じりの先走りをたらたらとシーツに垂らしている。そのはしたないものを、時広は自分で掴み、扱いた。二度目の絶頂がもうすぐそこに来ている。

「トキ、勝手に射精しようとしてはダメだ」

その手を外されて、シーツに縫いつけるように押さえこまれる。背中から覆い被さるようにしてきたアーサーは、いつのまにか全裸になっていた。自分の快感で手いっぱいだった時広は、いつアーサーが服を脱いだのかわからなかった。

「トキ、私ももう限界だ。入れるぞ」

後ろから指が抜かれて、もっと熱くて大きくて太いものが、解されてとろとろにされた窄まりにあてがわれる。焦らすことなく、アーサーはそれを埋めこんでくれた。ゆっくりと、けれ

ど確実に、奥へ奥へと愛する人の体の一部が挿入される。

声もなく、震えながら時広はすべてを受け入れ、静かに射精した。勢いはなく、だらだらとシーツに零れる。気が遠くなるほどの快感だった。

「トキ、いってしまったのか？」

がくがくと震えるように頷いた時広のうなじにキスを落としたアーサーは、ぐっと腰を押しつけてくる。内部をぐりっと抉《えぐ》られて、時広は背筋をのけ反らせた。

「ああ……っ」

さらに深い官能の波に囚われていく。内側のいやらしい肉襞が、アーサーの屹立に絡みつくのがわかった。

アーサーは「すまない、止まらない」と謝罪しながら激しく腰を動かし始めた。最初から感じる場所を突かれ、時広は嬌声が止まらなくなる。アーサーの予告どおり、時広は恥ずかしさなどわからなくなり、卑猥《ひわい》に尻を振って快楽をねだった。

「もっと、もっとして、アーサー、もっと」

「トキ、愛してる、トキ、ああ」

興奮したアーサーが背中に歯を立ててきても、痛みより快感が勝った。

「あんっ、んっ、ああ、ああ、ああっ、あーっ、あーっ、あー……っ！」

快感のあまり泣きながらドライオーガズムに達する。体の奥で恋人の欲望の迸りを受け止めた。大量の体液を注がれて、それにも感じてしまう。

「トキ、トキ、ああ……」

「アーサー……っ」

しっかりと抱きしめあい、飽きることなくキスをした。

果てたあとも離れたくなくて、ずっとくっついて睦言《むつごと》を繰り返す。しばらくするとまた兆してくるから、体を繋げた。

夜半過ぎ、時広が気を失うまで、二人は何度もセックスした。

◇◇◇

ふと目が覚めて、アーサーは視線を巡らせた。

寝ぼけた頭のまま、腕で抱えこんでいるぬくもりの正体を確かめる。黒髪を乱した寝顔があって、ホッとする。涙の跡がある白い頬を、そっと指で撫でた。

時広の寝顔はあどけない。まるで子供のようだ。けれど無垢な子供ではないことを、アーサーはよく知っている。二人一緒にくるまっている毛布をめくれば、その細い体に無数のキスマークと歯形があるだろう。アーサーがつけたものだ。

素晴らしい夜だった。

時広は最初いつも恥じらう。そんなところは触らないで、そんな格好はさせないで、そんなところは見ないで、部屋を暗くして、とあれこれと要望を口にする。アーサーははいはいと聞き流し、時広から羞恥心を奪うべく、愛撫を重ねていく。

そのうち時広はなにもわからなくなり、可愛らしく身悶えて、もっとしてくれとねだるようになる。純粋でありながらエロティックで、正直だからこそ貪欲で、アーサーしか知らない体で感じるままに声を上げた。

時広はアーサーに翻弄《ほんろう》されていると思いこんでいるかもしれないが、実はアーサーのほうこそ振り回されている。時広の無意識の媚態《びたい》に抗いきれず、いつも限界まで抱いてしまう。いったい何度、この細い体の中に欲望を吐き出したのか、我ながら恐ろしいほどだ。もうすぐ一年になるのに、アーサーはまだ時広に夢中だった。

まさか自分がこんなにも一人の男にのめりこむようになるとは、東京支社に行くまでは想像もしていなかったアーサーだ。出会いというものは、いつどこに転がっているのかわからない。不思議なものだ。

ベッドサイドの時計を見ると、まだ午前五時半だった。そろそろ外は明るくなってきているが、眠りについたのは三時ごろだったと思う。あまり眠っていない。それでも頭がやけにすっきりしているのは、すべてを浄化するようなセックスを、愛する人としたからだろうか。

　喉の渇きを覚え、アーサーはそっと体を起こした。時広を起こさないようにベッドを抜け出す。そういえば、と毛布をめくり、時広の下半身の様子を窺う。剥き出しの尻には、乾いた精液がこびりついたままだった。尻の谷間に指を差し入れれば、どろりとしたものが零れてくるのがわかる。

　時広の体を洗った記憶がない。中に出したまま、眠ってしまったのだ。これはいけない。とりあえず、一階のキッチンから水を取ってきて、そのあとで時広を洗ってあげよう、と決めた。起こしてしまうだろうが、このままにしておいては体調が悪くなる恐れがある。数日中にはバカンスを終わらせてここを引き払う予定だ。長距離移動は、ささいな体調の変化を大きくひどいものにしてしまう場合がある。時広を辛い目に遭わせたくなかった。

　アーサーは脱ぎ捨ててあったシャツとズボンを身につけ、寒かったのでガウンを羽織る。静かに部屋を出て、階段を下りた。空気が暖かいなと感じたのは当然で、リビングにはエドワードがいて薪ストーブがついていた。

「やあ、おはよう」

　エドワードは眠そうな顔をしていて、パジャマの上にカーディガンを羽織った格好だ。かたわらにはコーヒーではなく、ウイスキーのボトルとグラス。

「朝っぱらから飲んでいるのか？」

アーサーが知るエドワードは、そんな自堕落《じだらく》な習慣など持っていなかったはずだ。

「飲まずにはいられなかったものでね。隣の隣の部屋で、とあるカップルがそれはそれは熱烈に愛の交歓に励んでいたものだから」

つまりうるさくて眠れなかったと言いたいのだろう。一晩中、リビングで飲んでいたのかもしれない。

アーサーは「悪かった」と肩を竦めて、さっさとキッチンへ行く。冷蔵庫から水のペットボトルを二本取り出した。一本は時広用だ。

「おまえ、ほとんど寝ていないんじゃないのか」

「いや、二時間くらいは寝ている」

「トキは、大丈夫なのか？」

「なにが？」

問いの意味がわからなくて振り向いたら、エドワードはばつが悪そうに視線を逸らした。

「いや、なんでもない」

「……限界はわかっているつもりだ。本当に嫌がることはしていない」

「そうか……」

エドワードはグラスを手にして、ため息をつきながら口をつける。その横顔に憂《うれ》いがあった。あまり見たことがない表情だ。そんなに騒音が鬱陶しかったのか、それとも時広の体を思いやっているのか。

「なにか言いたいことがあるなら言ってくれ」

エドワードはちらりとアーサーを見遣ったあと、ぼそりと言った。

「おまえは本当にトキを愛しているんだな」

「なにを今さら」

「トキもおまえを愛している。これは疑いようもない」

覇気《はき》のない声など、エドワードに似つかわしくない。ただの睡眠不足ではなく、エドワードは心に悩み事があって、それを気に病《や》んでいるようだ。

「なにかあったのか？」

四つ年上の兄は、アーサーにとって人としての手本であり、目標だった。欠点は見当たらないと思ってきたし、エドワードも弟に弱みを見せなかった。

だからこんなふうに、アーサーのほうから「なにかあったのか」と尋ねたことなど、一度もなかった。

「……なにもないのは、どういうことだろう」

「え？」

「なにもないんだ。あいつは、私になにもしない。なにも言わないし、なにも求めない」

エドワードの独り言めいた呟きに、アーサーは内心驚いた。エドワードはもう三十五歳になるが、今まで浮いた話は聞こえてこなかった。学生時代にはそれなりに付きあった相手はいたようだが、卒業して父親の会社で後継者として働き始めてからは、まったくない。

けれど、巧妙に隠していただけで、相手はいたのか。

どこかぼんやりとしているエドワードの遠い視線からは、深い悲しみが滲むようだった。

「愛していたら、アーサーとトキのように、時間を忘れて求めあうものなのか……。だとしたら、私は愛されていないということになる」

「いや、待て、エド。それは短絡的過ぎる」

相手がどこの誰か知らないが、アーサーはつい庇うように口を出していた。

エドワードは父親が興した企業の重役だ。近いうちに父親が引退し、全面的に引き継ぐことになるだろう。そんな男のバックボーンに怖じ気《おけ》づいて、腰が引けているだけかもしれないではないか。

「ちゃんと話しあったのか？　おたがいに忙しくて、まともに会えていないのなら、エドの考えすぎかもしれない」

「会うだけなら毎日のように会っている。会社にいるからな」

それは知らなかった、とアーサーはさらに驚く。公私の区別をつけるエドワードが、まさか社員とそういう関係になるとは。

「そうなら余計に、プライベートで時間を作って会ったほうがいい。エドが相手をまだ愛しているなら、真摯に愛を乞《こ》うんだ。下手な駆け引きはせずに、男らしく正面から」

「正面から……」

ぼんやりしていたエドワードの目に、じわりと生気が戻ってきた。アーサーを見上げてくる顔には、明るい兆しがあった。

「そうか、そうだな。プライベートで時間を作って、会わなければならないな」

「そうだ、頑張れ」

アーサーが親指を立てると、エドワードも同じことをして返してきた。そしてソファから立ち上がり、酒を片付け始める。

「少し寝る。帰るのは午後にする」

「おやすみ」

階段を上がっていくエドワードを見送り、アーサーはひとつ息をついた。

エドワードに相手がいたとは。驚いた。

時広とやけに親しくしていたので気になっていたが、無用の心配だったようだ。もっと早く教えてくれていれば、エドワードが時広に示していたのは単なる親愛の情だとわかったのに。

「しかし、どんな人だろうか」

エドワードの会社にいて、しかも毎日会うということは側近か。かなり優秀な女性だろう。

「うまくいったら、そのうち会わせてくれるかな」

このまま結婚ということになったら、両親が喜ぶだろう。そんなことを考えながら、アーサーも二階に上がった。

主寝室に戻ると、時広はまだ熟睡していた。寝顔を鑑賞しながら水を飲み、「さて」とバスルームに行く。バスタブに湯を入れ、バスオイルやバスタオルを用意してから、時広を毛布ごと抱き上げた。

毛布をそっと剥がして、湯の中に時広を入れる。そういえばアンダーヘアも剃っていない。昨夜、どれだけ自分ががっついていたか、という証拠のようだ。

目覚めない時広の体を、丁寧に洗った。アーサーは着衣のままなので、服が濡れていく。気にせずに、時広の尻の間も清めた。

「んっ……」

中のものを指でかき出されて不快なのか、時広の眉間に皺が寄った。それでも中断するわけにはいかない。指を二本にして、さらに粘膜をかき回す。

「やっ」

ぱちっと時広が目を開いた。愕然とした顔でアーサーを見て、バスルームの天井を見て、最後にバスタブに沈む自分の体を見た。

「な、なにして……」

「君の中を洗っている。何時間かそのままにしてしまって、悪かった。腹痛など、体調に異変はないか?」

「ない、けど……」

バシャッと湯が飛んだ。時広が動いたせいだ。アーサーの手を、時広が掴んで止めようとしている。かまわずに動かしたら、指がきゅっと締めつけられた。

「あの、自分でやるから」

「いや、中出ししたのは私だ。最後まで責任を取る。そもそも、いつもやっていることだろう。なにをそんなに恥じらっているんだ?」

「恥じらうよ、そんなの決まっているだろう? 何度やっても、こんなの慣れないからっ」

時広が顔を真っ赤にしてわめいた。アーサーの腕から逃れようとしているが、こんな細い腕で非力では、抗いきれるはずもない。

「トキ、静かに。忘れているようだが、まだここにはエドがいる」

ハッとして口を閉じた時広は、縋るような目を向けてきた。

「忘れてた……どうしよう……」

「なにが?」

「昨夜、聞こえていたよね、声」

「そのようだな」

ガーンとショックを受けたような表情になり、青ざめた。

「さっき水を取りにキッチンまで行ったら、リビングにエドがいた。昨夜はうるさくて眠れなかったと苦情を言われたよ」

「嘘……」

涙目になった時広は、食べてしまいたいくらいに可愛い。

「だから静かにしよう」

ぐっと口をつぐんで、時広はこくこくと小さく頷く。アーサーは笑いそうになるのをこらえながら、時広の中も外もことさら丁寧に洗った。あまりにも丁寧に洗ったものだから、時広はアーサーの指に感じてしまい、ペニスを勃起させた。もちろん想定内だ。

「やだ、やだよ、ダメ、ダメだったら」

「本当に嫌なのか？　ここはこんなに広がって、指ではないものを欲しがっているのに」

「違う、欲しくない」

「嘘だ。指を抜こうとすると、ほら、吸いついてくる。君の体は正直だな」

「やだぁ、もう無理だよ」

「なにが無理？」

「なにも出ない……」

ふふふっと耳元で笑ってやる。時広が涙目で睨んできたが、アーサーの劣情を煽るばかりだ。

時広と同じく、アーサーの体もすっかり臨戦態勢になっていた。

「君は射精しなくても達することができるじゃないか」

「でも、それは——あっ、待って」

片手で素早く下着ごとズボンを脱いだアーサーは、バスタブに入った。時広を後ろ向きにして、きれいにしたばかりのそこに屹立を突き立てる。

「やあっ、あーっ」

一気に根元まで埋めこみ、時広を動けなくさせた。ひくひくと胸を震わせて挿入の衝撃に耐えた時広だが、うっかり声を上げてしまったことに気づいたらしく、両手で顔を覆っている。後ろから見える耳とうなじが真っ赤になっていた。

時広の中は温かくて、極上の締めつけに夢見心地になる。

「トキ、すまない。君が愛しくてたまらないんだ」

ゆったりと腰を揺らしながら、赤いうなじにキスをした。バスタブの湯がちゃぷちゃぷと波を立てる。時広が色っぽい息を吐き、くすんと鼻を鳴らした。

「アーサー……そんなにしたかったの？　ゆうべ、あんなにたくさんしたのに」

「今ここでしたかった」

「気持ちいい？」

「とても気持ちいいよ」

「……じゃあ、そっとしてくれるなら、いい」

「ありがとう」

許しを得て、アーサーは体勢を変えた。バスタブに座ったアーサーの上に時広を乗せ、向かいあうかたちで体を繋げる。くちづけながら静かに時広を揺すっていたら、やがて泣きが入った。

「もうやだ、ちゃんとして、これじゃあいけない」

「君がそっとしてほしいと言ったんだが」

「もういいから、終わらせて」

時広が望むように下から激しく突き上げた。すっかり温くなった湯がバスタブから零れるほどの波が立つ。声を抑えることができずに喘ぎ始めた時広がしがみついてきた。

「あーっ、あっ、ああっ、いい、いいっ、アーサーっ」

焦らされまくった時広の内部は、かつてないほどにアーサーを複雑に締め上げ、淫蕩《いんとう》な動きをした。がくんがくんと全身を震わせながら、時広は達している。湯の中でペニスはなにも出していない。こんなに感じてくれている時広に凶暴なほどの愛情を感じ、アーサーはすべてを爆発させた。

「ああ、トキ……」

力の限りに抱きしめて、時広の中に注ぎこむ。くったりと芯をなくした時広をすくい上げるようにして抱き上げ、アーサーは厳かな気持ちでキスをした。

コテージで三日過ごしたあと、ヘルシンキに移動することになった。

できるだけ丁寧に掃除をして、すべての窓とドアをしっかり施錠する。レンタカーに乗りこみ、時広は窓から緑の壁のコテージを名残惜《なごりお》しく見つめた。一カ月前、ここに来たときは、まさかこんなにいろいろなことが起こるとは思ってもみなかった。

たくさん笑って、たくさん泣いて、たくさん愛しあった。忘れられないバカンスになった。

「アーサー、僕、ここが大好きになったよ。また来たいな」

「そう言ってもらえて嬉しい。君にとってここが悪い思い出になったとしたら、それは私のせいだからね」

「またそういうことを言う。この場所が嫌いになるわけないじゃない。アーサーと二人で、また来たいよ」

「そうだな。私もトキとまた来たい。もっといろいろなことをして遊ぼう」

アーサーはサイマー湖周辺のアクティビティに、時広を連れていこうと計画していたらしい。

カヌーで湖や川を巡ったり、国立公園に生息する絶滅危惧種のアザラシを見に行ったり。どれも楽しそうだ。

「来年の夏にとっておいたことにすればいいよ」

「そうだな。来年の夏に、また来よう」

「そのときは、ヘルシンキの観光をじっくりしたいな」

来年の夏に思いを馳《は》せながら、アーサーが運転する車でハウキネン夫妻の家へ向かった。ふたたび管理をハウキネン夫妻に託すため、鍵を預けに行くのだ。今日帰ると伝えてあったので、車のエンジン音が聞こえたらしく、夫妻とヨウシアが赤い壁の家から出てきた。

「トキ！」

時広が車から降りると、ヨウシアが半泣きで抱きついてきた。

「本当に帰っちゃうの？」

「うん、帰るよ。でもまた来る」

「いつ？」

「来年の夏に」

「本当？」

うん、と頷いた時広に、ヨウシアはやっと笑顔を見せてくれた。

「じゃあ、オレも来年またここに来るよ。会おうね」

「ママはいいの？」

「そろそろママから離れなくちゃね」

大人びた表情をしてみせたヨウシアに、頼もしさを感じた。少年はこの夏、ほんの少しだけだが大人への階段を上り始めたのかもしれない。来年、どう変わっているのか、楽しみでもあるし寂しくもある。いつまでも子供でいてほしいと思ってしまうのは、今のヨウシアがとても可愛いからだ。

アーサーはラウリにコテージの鍵を預けていた。イーダとラウリに順番に別れの挨拶をし、時広とアーサーはふたたび車に乗る。

「またね！」

「また会おうね！」

走りだした車の窓から手を振り、時広は三人の姿が見えなくなるまで振り返っていた。

森の中を車はゆっくり走っていく。やがて幹線道路に出て、きれいに舗装された道を街へと向かう。

初めての北欧の夏は、終わった。

わずかな感傷と、明日への希望を胸に、時広は車窓を流れていく風景を見つめる。

「トキ」

呼ばれて運転席を振り向けば、恋人が微笑んでいる。そっと手を繋いで、時広も笑いかけた。

「時広ーっ」

成田空港に降り立つと、国際線の到着ゲートで待っていてくれたのは、大智とハリーだった。ぶんぶんと手を振り回して目立っていた大智に駆け寄り、時広は笑顔で「大智！」と抱きつく。一カ月ぶりの再会だが、もっと長く会っていなかったような気がするのは、この一カ月のバカンスが盛りだくさんだったからだろう。

「長距離フライト、お疲れ様です」

「ハリー、わざわざ出迎えに来てくれて、ありがとう」

時広たちの横では、ハリーとアーサーという長身の外国人が二人、落ち着いた笑顔で握手を交わしている。

「なあ、話を聞かせてくれよ。電話でざっと聞いたけどさ」

大智に促されてターミナルの外へと歩きだす。

時広とアーサーはＮＹに戻る途中、予定どおり日本に立ち寄った。いろいろと心配をかけた大智たちに会うためだ。目的はそれだけなので、今回、都心までは行かず、成田のホテルに宿泊することになっている。

予約を入れてあるホテルまでハリーの車で移動し、ティーラウンジで腰を落ち着けた。

ファーストクラスでの移動だったのでそれほど疲労は溜まっていないが、成田のホテルとはいえ母国の地に足を下ろしたと思うとホッとする。

「アーサーが強盗をやっつけたんですよね。どんなふうに倒したんですか？」

目をキラキラさせて聞いてくる大智に、アーサーが苦笑する。

「やっつけたというか、まあ、運が良かった」

「アーサー、相手は銃を持っていたのでしょう。立ち向かうのは危険過ぎます」

ハリーが真剣な顔で言ってきたので、アーサーも「反省している」と頷いた。

「でもそれがきっかけで記憶が戻ったなんて、面白いな」

大智はしきりに感心している。それから話はエドワードのことになった。

「どんな人だった？　アーサーに似てた？」

「すごく頼もしい感じの紳士だった。アーサーにはあまり似ていないかな」

ね、と同意を求めると、アーサーが頷く。

「似ていないな。容姿も性格も、違う」

「でも確実に血は繋がっているっていう雰囲気があるんだから、兄弟って不思議だよ」

一人っ子の時広には、そうした血縁の妙にはやはり憧れがある。

「あんなお兄さんがいたらいいよね」

「うわぁ、時広、エドワードを気に入ったんだ。どうするんですか、アーサー。これってあんまり面白くないことなんじゃない？」

大智の懸念は半分当たっている。記憶が戻った直後のアーサーは少しだけ時広とエドワードの関係に苛立っていた。けれどエドワードがベルリンに戻ってしまってからは、まるで憑《つ》きものが落ちたかのように以前のアーサーに戻った。

今もアーサーは余裕の態度で両手を広げて見せている。

「私はトキを信じているから大丈夫だ。それに、エドワードには意中の人がいるらしい」

それは時広も初耳だった。エドワードがコテージを後にする直前に、そういう話を兄弟でしたようだ。

「なんだ、それなら安心ですね」

ではエドワードの相手はいったいどういう人なんだろう、と四人で下世話な想像をした。ティーラウンジの隅で夕方までお喋りして、大智たちは席を立った。今日は平日なのに、二人は時広たちに会うために半日だけ有給休暇を取ってくれたのだ。明日も平日で会社がある。緊急事態でもないのに、そう仕事を休ませるわけにはいかない。

けれど名残惜しくしていたら、アーサーが素晴らしい提案をしてくれた。

「日本では、クリスマス休暇は無理だろうが、年末年始はまとまった休みが取れるんじゃないか？　ダイチとハリーをＮＹに招待したい。トキ、どうだろう」

「それ、すごくいいと思う」

「ええっ、ホント？　すごい、行きたい」

大智がすぐにその気になったものだから、恋人に甘いハリーは「ご迷惑でなければ」と微笑む。ＮＹでの再会を約束して、ホテルのエントランスで大智たちと別れた。

夕食は館内のレストランですませようと決めているので、それまでの時間を部屋で過ごすことにした。大きな窓からは日本の夏の夕焼けが眺められた。そこに航空機の黒いシルエットがゆっくりと飛んでいく。

アーサーと並んでそんな光景を楽しんでいると、「トキ」と髪にキスされた。

「なに？」

「愛している」

「僕もだよ」

笑みを浮かべた唇同士が重なる。十数時間ぶりのキス。どうして何度しても飽きないのだろう。キスすればするほど、もっとしたくなるのはどうしてだろう。

舌を絡めて、息を奪いあい、おたがいを高めあう。隣のベッドルームまでは、ほんの数メートルなのに、二人は窓際のソファの上で抱きあった。

晩夏の夕焼けの中で、時広は全裸にされる。アーサーにすべてを捧げ、アーサーは時広のすべてを愛した。

「ああ、アーサー……」

やがて空は夕闇に沈む。航空機の光が夜空に流れ星のように飛んでいった。

成田空港からＪＦＫ国際空港までは十数時間のフライトになる。そこからＮＹのマンハッタンまではタクシーで戻った。

フィンランドから日本、日本からアメリカ――。車窓の違いは大きく、時広は自分がわずか数日で地球の北半球を一周近く移動した事実に思い至り、ちょっと感動した。

(帰ってきたんだ……)

マンハッタンに近づくにしたがって、高層ビルが増えてくる。その景色を、懐かしく感じた。この街には、五月から七月にかけてのわずか三カ月しか住んでいないのに、もう自分の居場所のように思っていたことに気づいた。

七月の終わりに、一人で日本に戻ってしまってから一カ月半近くがたっている。あのときは景色を眺める余裕なんてなかった。自分の絶望で手いっぱいで。

(アーサーと二人で、こうして帰ってくることができて良かった)

しみじみとそう思う。

タクシーは借りているアパートメントの前に停まった。アーサーが料金を払い、トランクからスーツケースを下ろす。道路からアパートメントのエントランスまでは階段が三段ほどあった。重いスーツケースを持ち上げようとしたら、アーサーが「私が運ぶから待ちなさい」と言ってくれた。

「いいよ、これくらい自分で――」

横からすっと黒い手が伸びてきて、取っ手を掴んだ。一瞬、泥棒かと身構えたが違った。

「お帰りなさい、トキ」

アパートメントのドアマン、アーロンだった。アフリカ系アメリカ人のアーロンは、白い歯を見せて軽々とスーツケースを階段の上に運んでくれる。

「ありがとう」

「バカンスは楽しめましたか？」

「もちろん。最高だった」

そうだ、と時広はショルダーバッグの中から成田空港で買った菓子の箱を出した。包装紙には有名な猫のキャラクターがＣＡの格好をしたイラストがプリントされている。

「これ、エリックたちと分けて食べて。日本のお土産。中身はただのクッキーだけど」

「お土産。日本の文化ですね。ありがとうございます」

アーロンが受け取ってくれたところにアーサーもエントランスに入ってきた。

「お帰りなさい、ミスター」

「留守中、なにか変わったことは？」

「特にありませんでした」

アーサーはアーロンが菓子の箱を持っていることに気づいたようだが、ひょいと肩を竦めただけでなにも言わなかった。成田空港の売店で、時広がいくつかお土産用の菓子を購入していたのを見ていたからだろう。時広のショルダーバッグの中には、日本人留学生の祐司に渡す分も入っている。

スーツケースを引いて、時広とアーサーはエレベーターに乗った。自分たちの部屋がある階で降り、やっと玄関から中に入る。

「ただいまーっ」

誰もいないとわかっていたが、時広は「帰ってきた」という気持ちをこめて声を出した。締め切っていたカーテンと窓を開ける。リビングのソファに体を投げ出し、ひとつ息をついた。アーサーも横に座ってきて、なんとなく二人で正面にある窓から外を眺める。フィンランドとも日本とも違う、マンハッタンの空の色だ。

「帰ってきたんだね」

ぽつりと呟くと、アーサーが肩に腕を回してきて、抱き寄せてくれた。

「帰ってきたな。君は一カ月半ぶりか？」

「うん」

「お帰り」

首を伸ばし、嬉しい、という意味でアーサーの頬にキスをする。すると、お返しとばかりに唇にキスをされた。

「トキ、お願いがある」

「なに？」

「NYに戻ったら、言おうと思っていた。指のサイズを測らせてくれないか」

「指の？」

アーサーが時広の左手を持ち上げて、薬指に唇を押し当てる。その指は——。

「私と結婚してほしい」

いきなりのことに驚いて、時広は唖然とアーサーを見上げる。

今まで、生涯の伴侶だと囁かれたり、両親に紹介してもらったりしたが、ここまでストレートな求婚は初めてだった。

「結婚？」

「NY州は同性婚が合法化されている。役所に届けを出せば、男女間の結婚とまったく同じ権利を得ることができる。ラザフォード家の顧問弁護士に相談して、まずは私の遺言書を作成し、もしものときには時広に私のすべてが譲られるようにしようと考えていたが——」

「アーサー」

「そんなまどろっこしいことをしなくても、結婚すればすべてが解決する。もちろん、君が私のプロポーズを受けてくれなければ話は始まらない」

「アーサー、待って」

「結婚に関して疑問があるなら質問してくれ。結婚生活においての契約書を作成したいなら、異論はない。君が好きなように項目を設けてくれてかまわない。私はできる限り努力して、君が快適な結婚生活を送れるようにする」

「待って、待ってよ、アーサー」

「無理だろうか」

アーサーが悲しそうな顔になったので、慌てて「そうじゃなくて」と宥めた。

「結婚なんて、本気で言っているの？」

「本気だ。冗談でこんなことは言わない」

もう一度、アーサーが左手薬指の付け根にキスをしてくる。今、そこにはなにもない。時広はもともとアクセサリーをつける習慣はないから。

ここにシンプルな結婚指輪がはまったときのことを想像したら、じわじわと喜びが胸に満ちてきた。その喜びは胸だけでなく、体いっぱいに膨れ上がり、指先にまで行き渡り、最後には一筋の涙となって頬を伝った。

「アーサー……僕、嬉しいみたい……」

「トキ」

please
marry me.

ぎゅっと抱きしめられて、時広はアーサーの胸に顔を埋めた。

「プロポーズを受けてくれるのか？」

「もちろん」

答えたとたんに、どっと涙が溢れてきた。

時広からもアーサーにしがみついて、「愛してる」と囁く。

「愛してるよ、アーサー。ありがとう。僕のほうこそ、結婚してくださいって言いたい。僕でよければ、結婚して」

「ああ、トキ、私の永遠――。私の愛は、君だけのものだ」

「僕の愛も、あなただけのものだよ」

二人で暮らす、二人の部屋。そのリビングのソファで、時広とアーサーは誓いのキスをする。

なにがあっても離れない。

死が二人を分かつまで離れることはないと、時広は、この世界のすべての神に誓った。

おわり

あとがき

こんにちは、名倉和希です。アーサーシリーズ四冊目「アーサー・ラザフォード氏の揺るぎない愛情」です。この本で一応、完結となっております。書いていて、とても楽しい二人でした。

デビューして二十一年目に突入していますが、なんとシリーズで四冊も続いたのは、これが初めてでした。ここまで続いたのは、読者の皆様のおかげです。ありがとうございました。

シリーズ四冊ともイラストを担当してくださった逆月酒乱《さかづきしゅらん》先生には、感謝してもしきれません。四冊の表紙を並べてみると、幸福度がどんどんアップしていて、幸せな気分に浸れます。どうもありがとうございました。

トキとアーサーは、これからもNYで暮らしていきます。トキは英会話教室の運営に四苦八苦するでしょうが、夏にはアーサーと仲良くフィンランドのコテージに行き、お盆かお彼岸には日本へ墓参りに行き、クリスマスをラザフォード家の面々と過ごす――そんな日々でしょう。

トキの幸せいっぱいの笑顔と、トキに寄り添う満ち足りた顔をしたアーサーのことを、ときどき想像してください。そして、兄・エドワードの幸福を祈ってあげてください。

それでは、またどこかでお会いしましょう。

名倉和希

アーサー・ラザフォード氏の揺るぎない愛情

発売おめでとうございます！
今作でシリーズ最終巻という事で…シリーズ1作目から4年、
長い様であっという間でした(・ω・`) 絵の違いも是非楽しんで下さい(笑
制作側の人間ですが、アーサーシリーズの大ファンの1人です。☆◇
またいつか、アーサー、時広や
その他、濃くてかわいいかっこいい
キャラクター達に会いたいです！
最後に、名倉先生、担当様
素敵な作品に携わる事が
できて幸せでした、ありがとうございました。

逆月酒乱

初出一覧

アーサー・ラザフォード氏の揺るぎない愛情… 書き下ろし
あとがき …………………………………………… 書き下ろし

ダリア文庫をお買い上げいただきましてありがとうございます。
この本を読んでのご意見・ご感想・ファンレターをお待ちしております。

〒170-0013 東京都豊島区東池袋3-22-17　東池袋セントラルプレイス5F
(株)フロンティアワークス　ダリア編集部
感想係、または「名倉和希先生」「逆月酒乱先生」係

アーサー・ラザフォード氏の揺るぎない愛情

2019年5月20日　第一刷発行

著　者
名倉和希
©WAKI NAKURA 2019

発行者
辻 政英

発行所
株式会社フロンティアワークス
〒170-0013 東京都豊島区東池袋3-22-17
東池袋セントラルプレイス5F
営業　TEL 03-5957-1030
編集　TEL 03-5957-1044
http://www.fwinc.jp/daria/

印刷所
中央精版印刷株式会社